SPRING 野

更具体地生长

All This Wild Hope

我自爱我的野草，
但我憎恶这以野草作装饰的地面。

——

我希望这野草的死亡与朽腐，
火速到来。

野草

鲁迅

著

GUANGXI NORMAL UNIVERSITY PRESS
广西师范大学出版社
·桂林·

图书在版编目（CIP）数据

野草 / 鲁迅著.——桂林：广西师范大学出版社，
2024.9
　　ISBN 978-7-5598-6991-3

　　Ⅰ.①野… Ⅱ.①鲁… Ⅲ.①《野草》 Ⅳ.
①I210.5

　　中国国家版本馆CIP数据核字（2024）第099934号

YECAO
野草

作　　者：鲁　迅
责任编辑：彭　琳
特约编辑：徐子淇　赵雪雨
装帧设计：汐和、几迟 at compus studio
封面插画：Aleksandra Czudżak
内文制作：陆　靓

广西师范大学出版社出版发行

　　广西桂林市五里店路 9 号　　邮政编码：541004
　　网址：www.bbtpress.com
出版人：黄轩庄
全国新华书店经销
发行热线：010-64284815
北京启航东方印刷有限公司印刷
开本：787mm×1092mm　　1/64
印张：3.625　　字数：78千
2024年9月第1版　　2024年9月第1次印刷
ISBN：978-7-5598-6991-3
定价：30.00元

如发现印装质量问题，影响阅读，请与出版社发行部门联系调换。

目录

死火与孤独的雪

钱理群

导读一

把鲁迅的想象才能发挥得最为充分的，无疑是《野草》。《野草》是一个非常独特的仅属于鲁迅的世界，人们可以从不同的角度去进入；我们先从"鲁迅式的想象"切入。

而且我们要讨论的是"对宇宙基本元素的想象"。

鲁迅在《科学史教篇》[1] 一开始就谈到古

二

1　收录于《坟》。

希腊人对形成宇宙的基本元素的认识与想象：泰勒斯认为水是世界万物的本原，阿那克西米尼则认为是空气，赫拉克利特认为是火。

我们所生活的宇宙，确实有一些基本的物质元素与生命元素。人类对之有着大致相同的体认，但在不同民族、地区，不同的文化传统之间，又存在着某些差异。就我们中华民族而言，我们所理解的宇宙基本物质元素、生命元素，主要是指金（矿物）、木（植物）、水、火、土。于是，就有了关于金、木、水、火、土的文学想象。有人说，这是对"高度宇宙性形象"的想象。而且不同民族文化背景、不同时代、不同个性的作家，对于这些宇宙基本物质元素、生命元素的想象是不同的。

或者说，这是一个最具挑战性的文学课题，同时也是思想的课题、生命的课题。每一个有创造力的作家，都要力图创造出不同于他人、前人，独属于自己的"新颖的形象"。

这意味着对于宇宙生命的一种新的想象，对于"存在的本质"的一个新的发现。这还意味着对现有语言表现力的一个新的突破，并尝试着开辟语言的新的未来。因此，每一个关于宇宙基本元素的"新颖的形象"的创造，都会带来存在的喜悦、语言的喜悦。

鲁迅活跃的自由无羁的生命力注定他要接受这样的挑战，并且会有出人意外的创造。

一

不妨设想一下：一个文学梦想者，面对原始的火，将会产生怎样的想象？

单是"死火"的意象就给我们以惊喜。鲁

迅写的是"死火"：面临死亡而终于停止燃烧的火。鲁迅不是从单一的"生命"的视角，而是从"生命"与"死亡"的双向视角去想象火的。这几乎是独一无二的。

在此之前，作为《死火》的雏形，鲁迅还写过一篇《火的冰》——

遇着说不出的冷，火便结了冰了。

……拿了便要像火烫一般的冰手。

火，火的冰，人们没奈何他，他自己也苦么？

唉，火的冰。

唉，唉，火的冰的人![1]

在中国传说中有火神祝融与水神共工的生

1　引自《自言自语·二　火的冰》，收录于《集外集拾遗补编》。

死大战，二者是截然对立的，因此有"水火不相容，冰炭不同炉"的成语。现在鲁迅却强调了二者的统一与转化，"火的冰""火的冰的人"都是奇特的意象组合，也是向传统思维与传统想象的挑战。

于是，就有了"死火"这样的只属于鲁迅的"新颖的形象"。

而且还有了"梦想者"鲁迅与"死火"的奇异的相遇——

我梦见自己在冰山间奔驰。

这是高大的冰山，上接冰天，天上冻云弥漫，片片如鱼鳞模样。山麓有冰树林，枝叶都如松杉。一切冰冷，一切青白。

这是一个全景图，一个宏大的"冰"的世界：冰山、冰天、冻云、冰树林，"弥漫"了整个画面。"冰"是"水"的冻结：冰后面有水，冰是水的死亡。这里的颜色是"一切青白"，给人的感觉也是"一切冰冷"，而这青白、冰冷正是死亡的颜色与死亡的感觉，但并无死的神秘，也无恐惧，给人的感觉是一片宁静。

而冰的静态只是一个背景，前景是"我"在"奔驰"。在冰的大世界中，"我"是孤独的存在；但我在运动，充满生命的活力。这样，在"奔驰"的"活"的"动态"与"冰冻"的"死"的"静态"之间，就形成一种紧张、一种张力。

但我忽然坠在冰谷中。

在奔驰中突然坠落，这是十分真实的梦的感觉；我甚至猜测，"这样的超出了一般想象力之外的幻境……恐非作家虚构的产物，而

七

是直接反映作家潜意识的真实的梦的复述与整
理"[1]。

上下四旁无不冰冷，青白。

这是一个死亡之谷。

而一切青白冰上，却有红影无数，纠
结如珊瑚网。

红，是生命之色，突然出现在青白的死色
之上，给人以惊喜。

我俯看脚下，有火焰在。

1　参看《心灵的探寻》，钱理群著，北京大学出版社，1999
年版。

这是镜头的聚焦，全景变成大特写。

这是死火。有炎炎的形，但毫不摇动，全体冻结，像珊瑚枝，尖端还有凝固的黑烟，疑这才从火宅中出，所以枯焦。

既写"死火"之形，有"炎炎"的动态却不动（"冻结""凝固"）；更写"死火"之神，对"火宅"的人生忧患、痛苦的摆脱。注意：红色中黑色的出现。

映在冰的四壁，而且互相反映，化为无量数影，使这冰谷，成红珊瑚色。

一切青白顷刻间切换为红色满谷，也是死与生的迅速转换。

九

哈哈！

色彩突然转化为声音，形成奇特的"红的笑"。而"哈哈"两声孤零零地插入，完全是因猛然相遇而喜不自禁，因此也全不顾忌句法与章法的突兀。这都是鲁迅的神来之笔。

当我幼小的时候，本就爱看快舰激起的浪花，洪炉喷出的烈焰。不但爱看，还想看清。可惜他们都息息变幻，永无定形。虽然凝视又凝视，总不留下怎样一定的迹象。

进入童年回忆。而童年的困惑是根本性的。"快舰激起的浪花"，这是"活"的水；"洪炉喷出的烈焰"，这是"活"的火。而活的生命必然是"息息变幻，永无定形"的，这意味

一〇

着生命就是无间断的死亡。正是在这里，显示了"生"与"死"的沟通。而这样一种"息息变幻，永无定形"的生命，是无法凝定的，更无法用语言文字来记录与描述，这永远流动的生命注定不能留下任何"迹象"。生命的流动与语言的凝定之间存在一种紧张。而这似在流动却已经凝固的"死火"提供了把握的可能："死的火焰，现在先得到了你了！"这该是怎样地让人兴奋啊！

我拾起死火，正要细看，那冷气已使我的指头焦灼；但是，我还熬着，将他塞入衣袋中间。冰谷四面，登时完全青白。

这是一种非常奇特的体验，冰的"冷气"竟会产生火的"焦灼"感——冰里也有火。色彩又一次转换，这样的"青白——红——青白"

的生死之色之间的瞬间闪动，具有震撼力。

　　我的身上喷出一缕黑烟，上升如铁线蛇。冰谷四面，又登时满有红焰流动，如大火聚，将我包围。我低头一看，死火已经燃烧，烧穿了我的衣裳，流在冰地上了。

　　这是"我"与"火"的交融。我的身上既"喷"出黑烟，又有"大火聚"似的红色将我包围，真是奇妙之至！而"火"居然能如"水"一般"流动"，这又是火中有水。这样，冰里有火，火里有水，鲁迅发现了火与冰（水）的互存、互化，而其背后，正是生死之间的互存、互化。

　　于是，又有了"我"与"死火"之间的对话，而且是讨论严肃的生存哲学。这更是一个奇特的想象。

"死火"告诉"我",他面临两难选择:留在这死亡之谷,就会"冻灭";跳出去重新烧起,也会"烧完"。无论选择怎样的生存方式,无为("冻结"不动)或有为("永得燃烧"),都不能避免最后的死亡("灭""完")。这是对所谓光明美好的"未来"的彻底否定,更意味着在生死对立中死更强大。这是必须正视的根本性的生存困境,我们可以从中感受到鲁迅式的绝望与悲凉。但在被动中仍可以有主动的选择,"有为"("永得燃烧")与"无为"("冻结")的价值并不是等同的,燃烧的生命固然也不免于完,但这是"生后之死",生命中曾有过燃烧的辉煌,自有一种悲壮之美。而冻灭,则是"无生之死",连挣扎也不曾有过,就陷入了绝对的无价值、无意义。因此,死火做出最后的选择:"那我就不如烧完!"这是对绝望的反抗，尽管对结局不存希望与幻想，但仍采取积极有为的人生态度。这就是许广平所说的"以悲观作不悲观，以无可为作可为，向前的走去"[1]，这也是鲁迅的选择。

这"死火"的生存困境，两难中的最后选择，都是鲁迅对生命存在本质的独特发现，而且明显地注入了自己的生命体验。因此，我们可以说，这是一种"个性化"的想象与发现。

于是，就有了最后的结局——

　　他忽而跃起，如红彗星，并我都出冰谷口外。有大石车突然驰来，我终于碾死在车轮底下，但我还来得及看见那车就坠入冰谷中。

　　"哈哈！你们是再也遇不着死火了！"

　　我得意地笑着说，仿佛就愿意这样似的。

1　引自《两地书》，鲁迅、许广平著，人民文学出版社。

"红彗星"是鲁迅赋予他的"死火"的最后形象：彗星的生命是一种短暂的搏斗，又暗含着灾难，正是死火的命运的象征。但"同归于尽"的结局仍出乎意料，特别是"我"也在其中。但"我"却大笑，不仅是因为眼见"大石车"（强暴势力的象征）也坠入冰谷而感到复仇的快意，更因为自己终于与死火合为一体。

　　"哈哈！"——留下的是永远的红笑。

二

　　《雪》是对凝结的雨（水）的想象。

一五

暖国的雨，向来没有变过冰冷的坚硬

的灿烂的雪花。

一开始就提出"雨"与"雪"的对立："温暖"与"冰冷"，"柔润"与"坚硬"，在质地、气质上存在巨大的差异。因此，南国无雪。

但江南有雪。鲁迅说它"滋润美艳之至"。"润"与"艳"里都有水 —— 鲁迅用"青春的消息"与"处子的皮肤"来比喻，正是要唤起一种"水淋淋"的感觉，可以说是水的柔性渗入了坚硬的雪。于是"雪野"中就有了这样的色彩："血红……白中隐青……深黄……冷绿"。这都是用饱含着水的彩笔浸润出的，而且还"仿佛看见"蜜蜂们忙碌地飞，"也听得"嗡嗡地"闹"，是活泼的生命，却又在似见非见、似听非听之中，似有几分朦胧。

而且还有雪罗汉，"很洁白，很明艳，以自身的滋润相粘结，整个地闪闪地生光。"这里也渗透了水。"他也就目光灼灼地嘴唇通红地坐在雪地里"，真是美艳极了，也可爱极了。

但"他终于独自坐着了"。接着被"消释"，被"（冻）结"，被"（冰）化"，以至风采"褪尽"。这如水般美而柔弱的生命的消亡，令人惆怅。

但是，还有"朔方的雪花"在。

他们"永远如粉，如沙，他们决不粘连，撒在屋上，地上，枯草上，就是这样"。"……粉……沙……地……枯草……"，就是这样充满土的气息，而没有半点水性。

还有火：有"屋里居人的火的温热"，更有"在日光中灿灿地生光，如包藏火焰的大雾"。

而且还有磅礴的生命运动——

一七

在晴天之下，旋风忽来，便蓬勃地奋

飞，……旋转而且升腾，弥漫太空，使太空旋转而且升腾地闪烁。

"旋转……升腾……弥漫……闪烁……"，这是另一种动的、力的、壮阔的美，完全不同于终于消亡了的江南雪的"滋润美艳"。

但鲁迅放眼看去，却分明感到——

在无边的旷野上，在凛冽的天宇下，闪闪地旋转升腾着的是雨的精魂……

是的，那是孤独的雪，是死掉的雨，是雨的精魂。

这又是鲁迅式的发现："雪"与"雨"（水）是根本相通的；那江南"死掉的雨"，消亡的生命，它的"精魂"已经转化成朔方的"孤独的雪"，在那里——无边的旷野上，凛冽的天字下——闪闪地旋转而且升腾……

我们也分明感到，这旋转而升腾的，也是鲁迅的精魂……

这确实是一个仅属于鲁迅的"新颖的形象"。全篇几乎无一字写到水，却处处有水；而且包含着他对宇宙基本元素的独特把握与想象：不仅"雪"与"雨"（水）相通，而且"雪"与"火""土"之间，也存在着生命的相通。

三

关于《腊叶》的写作，鲁迅自己有过一个说明："《腊叶》，是为爱我者的想要保存我而作的。"[1] 于是我们注意到，《腊叶》写于1925

---

[1] 引自《〈野草〉英文译本序》，收录于《二心集》。

年 12 月 26 日，发表于 1926 年 1 月 4 日；再查鲁迅日记，就发现正是从 1925 年 9 月 23 日起，至 1926 年 1 月 5 日，鲁迅肺病复发，面临着死亡的威胁。在这样的时刻，鲁迅自然会想起"爱我者"（据孙伏园回忆，指的是许广平）[1] 想要"保存我"的善意，并引发关于生命的价值的思考。而有意思的是，如此沉重的生命话题，在鲁迅这里，竟然变成充满诗意的想象：他把自我生命外移到作为宇宙基本元素的"树木"上，把自己想象为一片病叶，这样，人的生命进程就转化为自然季节的更替，人的生命颜色也转换为木叶的色彩；同时，又把爱我的他者内化为"我"。

于是，就有了这样动人的叙述——

1　参看《鲁迅先生二三事》，孙伏园著，北京出版社。

灯下看《雁门集》，忽然翻出一片压干的枫叶来。

鲁迅对孙伏园说过："《雁门集》等等却是无关宏旨的"，无须深究。注意"压干"两个字，给你什么感觉？

这使我记起去年的深秋。繁霜夜降，木叶多半凋零，庭前的一株小小的枫树也变成红色了。

"深秋"，既是自然的季节，也是人的生命季节。虽然是一片"红色"，也依然绚烂，但木叶已经"凋零"，这就隐伏着不安。不说"树叶"说"木叶"，颇耐寻味。记得林庚先生写有《说"木叶"》，一想起木叶，就给人以生命的质感与沧桑感。[1]

我曾绕树徘徊，细看叶片的颜色，当他青葱的时候是从没有这么注意的。

当你注意"叶片的颜色"，一定是他的生命快要结束了，于是你徘徊、细看。在"青葱"的时候，在生机勃勃的生命之"夏"，你不会注意，因为觉得这是正常、理应如此的，而一旦注意到了，去"绕树徘徊"时，就别有一番心境。

他也并非全树通红，最多的是浅绛，有几片则在绯红地上，还带着几团浓绿。一片独有一点蛀孔，镶着乌黑的花边，

1　参看《唐诗综论》，林庚著，人民文学出版社。

在红、黄和绿的斑驳中，明眸似的向人凝视。

这是一团颜色：在红的、黄的、绿的斑驳绚丽中，突然跳出一双乌黑而明澈的"眼睛"，直直地凝视着你，以及我们每一个人，你会有什么感觉？你或许本能地感到，这很美，又有些"奇"（奇特？惊奇？），还多少有点害怕（恐惧？不安？）……这红、黄、绿的生命的灿烂颜色与黑色的死亡之色的并置，将给每一个读者留下刻骨铭心的永远的记忆，它直逼人的心坎，让你迷恋、神往，又悚然而思。

我自念：这是病叶呵！便将他摘了下来，夹在刚才买到的《雁门集》里。大概是愿使这将坠的被蚀而斑斓的颜色，暂得保存，不即与群叶一同飘散罢。

"将坠的被蚀而斑斓"，仍然是"死"与"生"的交融。但"飘散"（死亡）的阴影却无法驱散，只能"暂得保存"。

> 但今夜他却黄蜡似的躺在我的眼前，那眸子也不复似去年一般灼灼。

颜色又变了。蜡黄，是接近死亡的颜色；一个"蜡"字却使你想起了"蜡炬成灰泪始干"的诗句。

> 假使再过几年，旧时的颜色在我记忆中消去，怕连我也不知道他何以夹在书里面的原因了。将坠的病叶的斑斓，似乎也只能在极短时中相对，更何况是葱郁的呢。

与"将坠的病叶的斑斓"短暂"相对"，这又是怎样一种感觉？"旧时的颜色"总会在人们的记忆中"消去"。鲁迅心中充满的，正是这样的对必然彻底消亡的清醒。

看看窗外，很能耐寒的树木也早经秃尽了；枫树更何消说得。

即使是"很能耐寒"的树木也不免"秃尽"，最终的消亡是一切自然界与人世间的生命的宿命。请轻声吟读"何消说得"这四个字；古人说"怎一个愁字了得"，请体会这"得"字给你的感觉。

当深秋时，想来也许有和这去年的模样相似的病叶的罢，但可惜我今年竟没有赏玩秋树的余闲。

表面上看，这是"爱我者"（"我"）的自白，其实是可以视为鲁迅对"爱我者"的嘱咐：不要再保存、"赏玩"、留恋于我，因为没有这样的"余闲"，还有许多事要做。这几乎是鲁迅的"遗言"，十多年后，鲁迅离开这个世界时，也是这样告诫后人："忘掉我。"

　　应该说《腊叶》是最具鲁迅个性的一个文本，是他作为一个个体生命，在面对随时会发生的生命的死亡的时候，一次关于生命的思考。使我们感到惊异的是，他所感到的是自我的生命与自然生命（"木叶"）的同构与融合，把他的生命颜色化作了枫树的生命之色。但这又是怎样的绚烂的色彩啊，那象征着人与自然生命之夏的"青葱"的勃勃生机；那生命的"深秋"季节也是如此的文采灿烂，而"乌黑"的阴影正出现在这"红、黄和绿的斑驳"之中。这生与死的并置与交融，既触目惊心，又让人想起《〈野草〉题辞》中的那段话——

过去的生命已经死亡。我对于这死亡有大欢喜，因为我借此知道它曾经存活。死亡的生命已经朽腐。我对于这朽腐有大欢喜，因为我借此知道它还非空虚。

因死亡而证实了生命的意义；反过来死之绚烂正是出于生命的爱与与美。

这同样属于鲁迅对生命本质的一个独特的发现；我们也因此永远记住了那向我们凝视的黑色的眼睛……

二七

反抗绝望：鲁迅的哲学

钱理群

导读

二

《野草》在鲁迅全部著作中有着非常特殊的地位。

关于《野草》，鲁迅曾对年轻的朋友讲过两层意思，一是章衣萍[1]回忆的："鲁迅先生自己明白的告诉过我，他的哲学都包括在他的《野草》里了"；另一是鲁迅在给萧军[2]的信中

1　章衣萍（1902—1946），作家、翻译家，与鲁迅筹办《丝语》月刊。

2　萧军（1907—1988），作家，原名刘鸿霖，笔名三郎、田军等。

说的："（《野草》）心情太颓唐了，因为那是我碰了许多钉子之后写出来的。我希望你脱离这种颓唐心情的影响。"既强调《野草》里有自己的"哲学"，又希望青年"脱离"它的影响。这里好像有点矛盾，应如何理解呢？

我们先来看鲁迅是怎样看待自己的写作的——

我所说的话，常与所想的不同……我为自己和为别人的设想，是两样的。所以者何，就因为我的思想太黑暗，但究竟是否真确，又不得而知，所以只能在自身试验，不敢邀请别人。[1]

1　引自《两地书》，鲁迅、许广平著，人民文学出版社。

偏爱我的作品的读者，有时批评说，我的文字是说真话的。这其实是过誉，那原因就因为他偏爱。我自然不想太欺骗人，但也未尝将心里的话照样说尽，大约只要看得可以交卷就算完。我的确时时解剖别人，然而更多的是更无情面地解剖我自己，发表一点，酷爱温暖的人物已经觉得冷酷了，如果全露出我的血肉来，末路正不知要到怎样。我有时也想就此驱除旁人，到那时还不唾弃我的，即使是枭蛇鬼怪，也是我的朋友，这才真是我的朋友。倘使并这个也没有，则就是我一个人也行。[1]

鲁迅的自白，提醒我们注意：鲁迅一方面努力真诚地大胆地看取人生，真实地表达自己，

1　引自《写在〈坟〉后面》，收录于《坟》。

向往着"做文章时又没有顾忌，想写的便写出来"的自由写作的状态；但另一方面，鲁迅又清醒地看到，现实的中国"还不是披沥真实的心的时光"[1]，同时他对自己心灵深处的思想也存在着深刻的怀疑，这就决定了他的发言与写作，不能不有所顾忌，有所控制，有所遮蔽。在某种意义上可以说，鲁迅是在显露与隐蔽、说与不说的矛盾挣扎中进行写作的，真实的鲁迅正实现在这显隐与露蔽、说与不说之间。因此，我们在阅读鲁迅作品时，必须注意鲁迅的日本老朋友增田涉[2]先生所指出的这一现象："（鲁迅）他单向世间强调的方面，不是真正的他。至少不是全面的他。虽然这确实是他的大部分，但必须知道，他还有着没表现在外面

1　引自《我要骗人》，收录于《且介亭杂文末编》。

2　增田涉（1903—1977），日本中国文学研究者，鲁迅学生，《中国小说史略》日本语译者。

的深湛部分。他自己明确区分应向世间强调的部分和不向世间强调的部分。"

那么，哪些是鲁迅"向世间强调的部分"，哪些是"不向世间强调的部分"呢？许广平有一个说法："虽则先生自己所感觉的是黑暗居多，而对于青年，却处处给与一种不退走，不悲观，不绝望的诱导"[1]。这可谓深知鲁迅之言，鲁迅"不向世间强调的部分"主要是他在前引两段话中所说的那些经常缠绕着他的"太黑暗"与"冷酷"的思想。不强调，当然不等于不说，我们从鲁迅的许多作品的字里行间都可以读出这样的"黑暗"而"冷酷"的生命体验，但将其相对集中地袒露出来的，则是《野草》。鲁迅说他的"哲学"都在《野草》里，正是强调了这一点。但这是"为自己"设想与写作的，

1　引自《两地书》，鲁迅、许广平著，人民文学出版社。

而不是"为别人"设想与写作的；这是"孤独的个体"的存在体验，是要"驱逐旁人"独自承担一切的。因此，鲁迅又希望年轻人"脱离"它的影响。当然，这也表现了鲁迅的自我怀疑以及为读者（特别是青年）负责的态度："在寻求中，我就怕我未熟的果实偏偏毒死了偏爱我的果实的人。"[1]

由此我们可以懂得《野草》在鲁迅作品中的特殊性：这是鲁迅最"个人化"的著作，是鲁迅心灵的诗，相对多地露出了鲁迅灵魂的真与深，相对深入地揭示了鲁迅的个人存在——个人生命的存在，文学个人话语的存在。《野草》只属于鲁迅自己，至于我们读者，愿不愿意、能不能进入鲁迅的《野草》世界，拒绝还是接受鲁迅《野草》里的哲学，完全应该由我们每一个人自主选择。

1　引自《写在〈坟〉后面》，收录于《坟》。

而且，《野草》所展现的只是鲁迅本体性的黑暗与冷酷体验的一部分，并没有全露出他的血肉。这不仅因为鲁迅依然自觉地不将心里的话说尽，更重要的是，人的最刻骨铭心的真正属于自己的生命体验是不能用言语来表达的，一说一写，就变形、扭曲了。所以鲁迅在《〈野草〉题辞》一开始就说——

当我沉默着的时候，我觉得充实；我将开口，同时感到空虚。

一

那么，《野草》里展现的是怎样的属于鲁迅个人的生命体验、思想与言语呢？

我们先来读《影的告别》。

> 人睡到不知道时候的时候，就会有影
> 来告别，说出那些话——

从表面看起来没有时间，也没有记忆；但
就好像做梦一般，沉下去，沉下去，最后浮现
出来的是生命最深处原始的生命本体的记忆与
意念。

于是，人的"影"与"形"分离了。这本
来就已经够离奇与神秘的了；何况又是"影"
主动"告别"，还要开口说话。他将说些什
么呢？

> 有我所不乐意的在天堂里，我不愿去；
> 有我所不乐意的在地狱里，我不愿去；有
> 我所不乐意的在你们将来的黄金世界里，

我不愿去。

然而你就是我所不乐意的。

朋友，我不想跟随你了，我不愿住。

我不愿意！

呜乎呜乎，我不愿意，我不如彷徨于无地。

五个小节，连续用了十一个"我不"。七个句子，几乎重复的句式（前三句完全一样，后四句略有变化）。这样的句法，中国古代文学作品里没有，中国现代文学作品里也没有。

"我不，我不，我不……"，这执拗的、如怨如诉的声音，追逐着我们，钉子般敲击着读者的心，只让人感到恐怖。就像鲁迅描写的那样，你可以感觉到"毒蛇似的在尸林中蜿蜒，怨鬼似的在黑暗中奔驰"的"酷烈的沉默"中

三七

的逼人的气势。[1]

这只能发自人的灵魂的最深处，是时间洗刷不掉、永远不能忘记、却也无从逃避的生命的声音。"我不"，只有两个字，却表现了如此强大的主体精神意志，以及对于他者无条件、无讨论余地的拒绝。

首先拒绝的是，人们或者认为是天堂，或者视为地狱的一切现实的存在。

对于人们预设的未来，那所谓无限美好无限光明的"黄金世界"，"我"也同样拒绝。

"你"是一个认同于群体的自我，是按照常规、常态、常情，按照大家都那样的思维、感情方式去思考与表达的。而这正是独立的、自由的精神个体的"我"所要拒绝，要努力挣脱出来的。

---

1 引自《杂感》，收录于《华盖集》。

说到底，这是对于"有"的拒绝，对已有、将有、既定的一切的拒绝。

"我不如彷徨于无地。"这里的"无"是与"有"对立的；这里的"彷徨"所表现的生命的流动不居状态同样是与前面的"住"所表现的稳定的生命状态对立的。这正是"我"的选择："我"拒绝"有"而选择"无"，"我"拒绝"住"而选择"彷徨"。我的生命将永远流动于"无"之中。

那么，"我"是谁？"我不过一个影"，一个从群体中分离出来的，从肉体的形状中分离出来的"精神个体"的存在。

那么，"我"将有怎样的命运？"然而黑暗又会吞并我"，因为我反抗现有陈规，反抗黑暗。"然而光明又会使我消失"，因为"我"与黑暗是一个共生体，"我"的价值就体现在和黑暗捣乱中，"我"必将随黑暗的消失而消失。

"吞并"与"消失"就是"我"必然的也是唯一的命运。

或许还能"彷徨于明暗之间"？"然而我不愿"，苟活绝不是"我"的选择。

这里连续三个"然而"，写尽了作为独立的精神个体的生存困境。

我姑且举灰黑的手装作喝干一杯酒，我将在不知道时候的时候独自远行。

呈现在我们面前的，就是这样一个"影"的形象：尽管内心充满痛苦、彷徨与犹豫，却要硬作欢乐，然后独自远行。

但真要独自远行又不能不多所犹豫：该选择什么时候出发？

倘若黄昏，黑夜自然会来沉没我，否

则我要被白天消失，如果现是黎明。

"朋友，时候近了"，还得做出决定。

我将向黑暗里彷徨于无地。

最后的选择是走向黑暗。

临行之前，"你还想我的赠品"，于是又引出了"我能献你甚么呢"，也即"我还拥有什么"的问题。

无已，则仍是黑暗和虚空而已。

我所拥有的只是黑暗，只是空虚："唯'黑暗与虚无'乃是实有。"

但是，我愿意只是黑暗，或者会消失

于你的白天；我愿意只是虚空，决不占你的心地。

这里连续几个"我愿意"，正是对前面的"我不""我不愿意"的回应。从拒绝现有与将有，到选择无的黑暗与虚空，完成了一个历史过程。

　　我愿意这样，朋友——
　　我独自远行，不但没有你，并且再没有别的影在黑暗里。只有我被黑暗沉没，那世界全属于我自己。

注意这里有一个转换：当独自远行，一个人被黑暗所吞没的时候，"我"达到了彻底的空与无；但也就在这独自承担与毁灭中，获得了最大的有——"裹在这无边际的黑絮似的大块里"[1]，"那世界全属于我自己"。正是在这生命的黑暗体验中，实现了"无"向"有"的转化，从拒绝外在世界的"有"达到了自我生命中"无"中之"大有"，这一过程或许是更为重要的。

这里提到了生命的黑暗体验，这是一种人生中难以达到的可遇不可求的生命体验，如一位研究者所说，这是一种生命的大沉迷，是无法言说的生命的澄明状态："如此的安详而充盈，从容而大勇，自信而尊严。"你落入一个生命的黑洞之中，这黑洞将所有的光明吸纳、隐藏其中，这里存在着一种内在的、本质的光明："充盈着黑暗的光明。"[2] 鲁迅自己也说："爱夜的人要有听夜的耳朵和看夜的眼睛，自在暗中，看一切暗"，"爱夜的人于是领受了夜

[1] 引自《夜颂》，收录于《准风月谈》。
[2] 引自《鲁迅的生命哲学》，王乾坤著，人民文学出版社。

所给与的光明"。[1]鲁迅正是这样的"爱夜的人"，不仅《影的告别》，而且整本《野草》，都充溢着他以"听夜的耳朵和看夜的眼睛"所听到、看到的"一切暗"，以及他所领受到的"夜所给与的光明"。这是我们在阅读《野草》时，首先要注意和把握的。

《影的告别》实际上讲了两个东西：一是他拒绝了什么？一是他选择了因而承担并获得了什么？这构成《野草》的一个基本线索。

二

读《求乞者》，首先感受到的是无所不在的"灰土"——

1　引自《夜颂》，收录于《准风月谈》。

四四

我……踏着松的灰土。

微风起来，四面都是灰土。

灰土，灰土，……

灰土……

　　灰土弥漫整个空间，堵塞你的心，甚至渗透到你的灵魂。这更是一种"灰土感"：生命的单调、沉重与窒息。就像鲁迅所说："是的，沙漠在这里。没有花，没有诗，没有光，没有热。没有艺术，而且没有趣味，而且至于没有好奇心。沉重的沙……"[1]，没有任何生机，没有任何生命的乐趣，"没有好奇心"也就没

　　引自《为俄国歌剧团》，收录于《热风》。

有任何欲望与创造的冲动。

"灰土"之外是"墙"——

我顺着剥落的高墙走路……另外有几个人，各自走路。

这象征着人与人之间的相互隔膜，这心灵的隔绝不仅是社会、历史的，更是人类本身的，人于是永远"各自走路"。《求乞者》一开始传递给我们的，不仅是生命的窒息感和隔膜感，更是一种近于绝望的孤独的生命体验，依然是郁积于心的黑暗与虚无。

于是就有了"求乞"与"拒绝布施"——

一个孩子向我求乞，也穿着夹衣，也不见得悲戚，但是哑的，摊开手，装着手势。我就憎恶他这手势。而且，他或者并

四六

不哑，这不过是一种求乞的法子。

我不布施，我无布施心，我但居布施者之上，给与烦腻，疑心，憎恶。

这一切（求乞与拒绝）却又反诸己——

我想着我将用什么方法求乞：发声，用怎样声调？装哑，用怎样手势？……
另外几个人各自走路。
我将得不到布施；得不到布施心；我将得到自居于布施之上者的烦腻，疑心，憎恶。

这指向自己的"拒绝"，是彻底的；这连自己也不能逃脱的"烦腻，疑心，憎恶"，是可怕的。
显然，这里的"求乞"和"布施"是带有

象征性的。首先我们可以把"布施"理解为温暖、同情、怜悯、慈爱的象征，人们总是"祈求"着别人对自己的同情与慈爱，也"给予"别人以同情与慈爱。这似乎是人的一种本能，但鲁迅却投以质疑的眼光，他要看看这背后隐蔽着什么。《过客》里也有类似的展开，有这样一个情节："小女孩"出于对"过客"的同情，送给他一个小布片，这自然是温暖、同情、爱的象征。一开始"过客"很高兴地接受了。作为孤独的精神界的战士，他显然渴求着爱、温暖和同情；但想了想之后，断然拒绝，并且表示要"诅咒"这样的"布施者"。鲁迅后来对此做了一个解释：因为一切爱与同情，一切加之于己的布施，都会成为感情上的重负，这样就容易受布施者的牵连，"不能超然独往"。所以鲁迅说："反抗，每容易蹉跌在'爱'——感激也在内——里，所以那过客得了小女孩的

四八

一片破布的布施也几乎不能前进了。"[1] 这就是说，作为一个孤独的精神界战士，要保持思想和行动的绝对独立和自由，就必须割断一切感情上的牵连，包括温情和爱，既不向人"求乞"，同时也拒绝一切"布施"。因此我们也可以把这种"求乞""布施"理解为对人与人之间的关系的一种高度概括 人总是对他者有所"求"，同时又有所"施"。而有所求就难免对他者有所依赖，以至依附；反过来，布施也难免使对方对自己有所依赖与依附。鲁迅就这样从"求乞"与"布施"的背后，看到了依赖与被依赖、依附与被依附的关系。这确实是十分独特而锐利的观察。更何况现实中的"求乞"常常是虚假的。鲁迅对于不幸中的人们不得不求乞，有一种感同身受的理解与同情，他自己就有过"从小康坠入困顿"的痛苦经历，饱尝过被迫

1　引自《两地书》，鲁迅、许广平著，人民文学出版社。

"求乞"的屈辱。但问题在于中国的"求乞者"或者自身并不真正需要求助，或者身处不幸却并无自觉，因而"并不悲哀"，但"近于儿戏"地"追着哀呼"，以至"装"哑作"求乞的法子"。鲁迅在"求乞"的背后又发现了"虚伪"与"做戏"：既不知悲哀（不幸）又要表演悲哀（不幸）。正是这双重的扭曲，激起了鲁迅巨大的情感波澜，他要给予"烦腻，疑心，憎恶"！于是又有了鲁迅式的"拒绝"。这回拒绝的是"温暖，同情，怜悯与慈爱"，他依然选择了"无"——

我将用无所为和沉默求乞……

我至少将得到虚无。

将可能导致内心软弱的心理欲求（如布施、同情、怜悯之类）、情感联系（如"布施心"）通通排除、割断，铸造一颗冰冷的铁石之心，

五〇

以加倍的恶（"烦腻，疑心，憎恶"）对恶，以加倍的黑暗对付黑暗，在拒绝一切（"无所为与沉默"）中，在与对手同归于尽中得到"复仇"的快意。我们又由此想起了《孤独者》里的魏连殳、《铸剑》里的"黑色人"。

鲁迅的这种选择，是一把双刃剑：既对他的敌人有极强的杀伤力，而且毋庸讳言，也伤害了他自己，构成了他内在心灵上"毒气、鬼气"的另一方面。鲁迅因此说他自己也将"得到自居于布施之上者的烦腻，疑心，憎恶"——凡指向对手的也将反归自己，这实在是十分残酷与可怕的。鲁迅这样的"自残"式的选择，不仅付出的代价太大，而且是很难重复的，很可能是"学虎不成反类犬"。鲁迅一再强调，他的《野草》（当然也包括《求乞者》这篇）不足给青年人看，原因大概也在于此吧。

三

《希望》仍然是从自己对生命存在的感受、体验说起——

　　我的心分外地寂寞。

　　然而我的心很平安：没有爱憎，没有哀乐，也没有颜色和声音。

　　我大概老了。我的头发已经苍白，不是很明白的事么？我的手颤抖着，不是很明白的事么？那么，我的魂灵的手一定也颤抖着，头发也一定苍白了。

这里讲的是生命的"平安"状态。在《野草》里，鲁迅好几处都提到"太平"。《失掉的好地狱》一开始就写到地狱的"太平"，"一切鬼魂们的叫唤无不低微，然有秩序"。《这样的战士》里也提到了"谁也不闻战叫：太平"。"太平"是一种宁静的有秩序的状态，借用《论睁了眼看》[1] 里的说法，就是"无问题，无缺陷，无不平，也就无解决，无改革，无反抗"。在鲁迅看来，这不过是"暂时做稳了奴隶的时代"，虚假的表面的"太平"掩盖了地底下真实的矛盾与痛苦，于是受压制的"鬼魂"的"叫唤"、呻吟，也变得"低微"。鲁迅说他"憎恶这以野草作装饰的地面"，他更憎恶这地面的"太平"。在他看来，这样的"不闻战叫"的"太平"，最可怕之处是造成人的心灵的"平安"——"没有爱憎，没有哀乐，没有颜色和声音"。这是对生命活力的另一种窒息与磨耗。于是，鲁迅感到了生命的"老"化，不仅是生

五三

1 收录于《坟》。

理的（鲁迅这时才 45 岁），"我的魂灵的手一定也颤抖着，头发也一定苍白了"。这"平安"中"魂灵的苍老"，是一个惊心动魄的命题，是鲁迅的发现，更是鲁迅所要拒绝的。

于是又开始了历史的追索："曾充满过血腥的歌声"，也曾充满希望，"忽而这些都空虚了"，只得用"自欺的希望"的盾，"抗拒那空虚中的暗夜的袭来，虽然盾后面也依然是空虚中的暗夜"，并因此"陆续地耗尽了我的青春"。但又暂存着对"身外的青春"的希望，那是"星，月光，僵坠的蝴蝶，暗中的花，猫头鹰的不祥之言，杜鹃的啼血，笑的渺茫，爱的翔舞……"，尽管"悲凉漂渺"，却"究竟是青春"。现在却突然发现四围的"寂寞"（也即"太平"），"难道连身外的青春也都逝去，世上的青年也多衰老了么"。这真是步步逼退，一个"希望"逐渐被剥离、逐渐被掏空的过程。

五四

我放下了"希望之盾"，于是，听到了裴多菲的"希望"之歌——

　　　　希望是甚么？是娼妓：
　　　　她对谁都蛊惑，将一切都献给；
　　　　待你牺牲了极多的宝贝——
　　　　你的青春——她就弃掉你。

　　这其实也是鲁迅的发现：他发现了"希望"的欺骗性与虚妄性。这同样是由"有"到"无"的过程。

　　但还要推进一步："绝望之为虚妄，正与希望相同。"

　　按一般的逻辑，"希望"既然是一种绝对的欺骗，那势必会转向"绝望"；但正像论者所指出的，"这种绝望的内在参照仍然是

'望'","仍然是以否定的方式承认了'希望'"。[1]
要彻底抛弃"希望",就要同时抛弃"绝望";
把两者都虚妄化,完全掏空,才能达到彻底的
"无"。

于是,又有了独自承担——

我只得由我来肉薄这空虚中的暗夜
了,纵使寻不到身外的青春,也总得自己
来一掷我身中的迟暮。

"肉薄"是一种躯体的搏斗,不带有任何
精神上的"希望"或"绝望","和黑暗捣乱"
就是了,既不计"后果",也不追求"意义";
而且是"由我"一人进行,与别人无关。这常
接近前面《影的告别》里所说的"只有我被黑

1　引自《鲁迅的生命哲学》,王乾坤著,人民文学出版社。

暗沉没，那世界全属于我自己"的境界，也是彻底的"无"向"有"的转换。

然而，文末又留下一句可怕的话——

但暗夜又在那里呢？……而我的面前又竟至于并且没有真的暗夜。

准备独自承担反抗，却突然发现反抗没有对手了！

这又引出了下一篇《这样的战士》。

鲁迅曾说："《这样的战士》是有感于文人学士们帮助军阀而作。"[1]

鲁迅在和现代评论派的陈源论战时，多次提到他自己的"碰壁"。他把文人学士的攻击比喻为"墙"，而且是"鬼打墙"——分明存

1　引自《〈野草〉英文译本序》，收录于《二心集》。

在却又无形。在《这样的战士》中，又把这种感受提升为"无物之阵"——

　　但他举起了投枪。

　　一切都颓然倒地；——然而只有一件外套，其中无物。

　　但他举起了投枪。
　　他在无物之阵中大踏步走，再见一式的点头，各种的旗帜，各样的外套……。
　　但他举起了投枪。
　　他终于在无物之阵中老衰，寿终。他终于不是战士，但无物之物则是胜者。

　　人们首先注意的是"无物之阵"上的"旗帜"和"外套"，据说有"各样好名称：慈

五八

善家、学者、文士、长者、青年、雅人、君子……"，还有"各式好花样：学问、道德、国粹、民意、逻辑、公义、东方文明……"。可以说，这里几乎囊括了一切美好的词语，前者标志着一种身份，后者则标志一种价值，现在都被垄断了。这就是说，鲁迅这样的精神界"战士"所面对的是一个被垄断了的话语，其背后是一种社会身份与社会基本价值尺度的垄断。而这样的被垄断的话语的最大特征就是字面与内在实质的分离，它具有极大的不真实性与欺骗性。这种身份词语与价值词语的垄断，正意味着一种具有欺骗性的语言秩序、社会秩序的建立与垄断。另一方面，话语垄断者正是拿这些被垄断的话语对异己者——精神界"战士"——进行打压与排挤，软化与诱惑：要进入就必须臣服，要拒绝就遭排斥。而鲁迅这样的精神界"战士"几乎是没有犹豫地就做出了他的选择——

　　他只有自己，但拿着蛮人所用的，脱
手一掷的投枪。

　　…………

　　他微笑，偏侧一掷，却正中了他们的
心窝。

　　这正是最彻底的拒绝与反抗：对一切既有
的、被垄断的、欺骗性的身份话语与价值话语
（及其背后的语言秩序与社会秩序）的拒绝与
反抗。这同样也是"无"的选择；而且依然是
孤身一人的独自承担。对于以话语作为自己基
本存在方式的知识分子来说，这样的拒绝与反
抗具有根本性与特殊的严重性。

四

我们先来看《墓碣文》里墓碑上的文字——

> ……于浩歌狂热之际中寒；于天上看见深渊。于一切眼中看见无所有；于无所希望中得救。……

请注意这里面前后两组概念："浩歌狂热""天上"；"一切""希望"。这都是社会中绝大多数人常规思维下的现实经验与逻辑，或者说是《影的告别》中"你"（人之"形"）的感受，但却是虚假的。而鲁迅却是用另外的眼睛，也就是人们所说的"第三只眼睛"来看，于是，他看见的、感受到的是"寒""深渊""无所有""无所希望"。这显然是对前者——既有的、常规的、大多数人的经验与逻辑的拒绝和反叛，但却是更为真实的。"于无所希望中得救"这一命题则表明，唯有抛弃了既"有"的虚假的经验与逻辑，达到"无"，才能"得救"。

但这样的自异于常规社会的"战士"就必然是孤独的——

……有一游魂，化为长蛇，口有毒牙。不以啮人，自啮其身，终以殒颠。……

这又是一个反归：对现有的一切经验、逻辑和秩序的怀疑、拒绝、反叛，都指向对自身的怀疑、拒绝与反叛，即所谓"自啮其身"，也就是前面我们说过的"彻底掏空"，达到彻底的"空虚"与"无"。然后才能进入对"本味"的追寻，即所谓"抉心自食，欲求本味"，也就是从人的存在的起点上追寻那些尚未被现有经验、逻辑和秩序所侵蚀的本真状态。

但是，"本味何能知？""本味又何由知？"这种本真状态是既不能也无由知的。这就把自我怀疑精神发挥到极致。"答我。否则，离开！"，面对这永恒的问题，永远求不到的"本味"，人只有"疾走"离开了。

五

《颓败线的颤动》也许是《野草》中最震撼人心的篇章。这位老女人的遭遇所象征、展示的是精神界战士与他所生活的世界、现实人间的真实关系：带着极大的屈辱，竭诚奉献了一切，却被为之牺牲的年轻一代（甚至是天真的孩子），以至整个社会无情地抛弃和放逐。

这样的命运对于鲁迅具有格外重要的意义，本身即构成了对他"肩住黑暗的闸门"，放年轻人"到光明地方去"的历史选择的质疑。由此引起的情感反应与选择才是真正具有震撼力的——

　　　　她冷静地，骨立的石像似的站起来了。她开开板门，迈步在深夜中走出，遗弃了背后一切的冷骂和毒笑。

　　这里有一个转换：原来是被社会遗弃，现在是自己将社会遗弃与拒绝。

　　　　她赤身露体地，石像似的站在荒野的中央，于一刹那间照见过往的一切：饥饿，苦痛，惊异，羞辱，欢欣，于是发抖；害苦，委屈，带累，于是痉挛；杀，于是平

六四

静。……又于一刹那间将一切并合：眷念与决绝，爱抚与复仇，养育与歼除，祝福与咒诅……。

这里所反映的"战士"与现实世界的感情关系是极其复杂的。作为被遗弃的异端，当然要和这个社会"决绝"，并充满"复仇""歼除"与"咒诅"的欲念；但他又不能割断一切情感联系，仍然摆脱不了"眷念""爱抚""养育""祝福"之情。在这矛盾的纠缠的情感的背后，是他更为矛盾、尴尬的处境：不仅社会遗弃了他，他自己也拒绝了社会，在这个意义上，他已经"不在"这个社会体系之中，他不能、也不愿用这套体系中的任何语言来表达自己；但事实上他又生活"在"这社会之中，无论在社会关系上，还是在情感关系上，都与这个社会纠缠在一起，他一开口，就有可能仍然落入社会既有的经验、逻辑与言语中，这样就无法摆脱无以言说的困惑，从而陷入了"失语"状态。

> 她于是举两手尽量向天，口唇间漏出人与兽的，非人间所有，所以无词的言语。

这又是一个非常深刻的也很带悲剧性的"无"的选择：不能（也拒绝）用现实人间社会的言语表达自己，而只能用"非人间所有，所以无词的言语"。一个真正独立的批判的知识分子，他的真正的声音是在沉默无言中呈现的。所谓"非人间所有，所以无词的言语"，指的是尚未受到人间经验、逻辑所侵蚀过的言语，只能在没有被异化的"非人间"找到它的存在。因此——

当她说出无词的言语时，她那伟大如石像，然而已经荒废的，颓败的身躯的全面都颤动了。这颤动点点如鱼鳞，每一鳞都起伏如沸水在烈火上；空中也即刻一同振颤，仿佛暴风雨中的荒海的波涛。

她于是抬起眼睛向着天空，并无词的言语也沉默尽绝，惟有颤动，辐射若太阳光，使空中的波涛立刻回旋，如遭飓风，汹涌奔腾于无边的荒野。

这是极其精彩的一个段落，它提供了一个非常的境界：拒绝了"人间"的一切，回到了"非人间"，这"沉默尽绝"的"无边的荒野"，其实是一个更真实的世界。在某种程度上，这正是鲁迅的内心世界，这个世界更具真实，就像《影的告别》中的"影"，在无边的黑暗中，拥有了无限的丰富，无限的阔大，无限的自由。

这一段文字，在我个人看来，是最具有鲁迅特色的文字；而且坦白地说，在鲁迅所有的文字中，这是最让我动心动容的。

六

《过客》可以说是鲁迅对自己的生命哲学的一个归结。

我们是这样遭遇"过客"的——

约三四十岁，状态困顿倔强，眼光阴沉，黑须，乱发，黑色短衣裤皆破碎，赤足著破鞋，胁下挂一个口袋，支着等身的竹杖。

这是典型的在旷野中匆匆而过的"过客"，我们自然地想起鲁迅本人的形象，"过客"也是鲁迅作品中"黑色人"家族的一个成员。我们甚至可以说，"过客"就是鲁迅的自我命名。他从出现时，就一直在往前走，他遇见老人，老人向他问了三个问题，他都给予了否定性的回答——

"你是怎么称呼的。""我不知道。"
"你是从那里来的呢？""我不知道。"
"你到那里去么？""我不知道。"

应该说，这三个问题，是 20 世纪整个人类，西方哲人和东方哲人都同时面临的"世纪之问"，而鲁迅的回答都是"我不知道"。这回答本身就有很大的意义。或许更为重要的是"过客"的选择。他其实有三条可供选择的路，一是"回去","过客"断然否定了,他说:"回到那里去,就没一处没有名目,没一处没有地主,没一处没有驱逐和牢笼,没一处没有皮面的笑容,没一处没有眶外的眼泪。我憎恶他们,我不回转去!"这是"过客"的一个"底线",绝不能容忍任何奴役与压迫,绝不能容忍任何伪善。二是停下"休息",这是老人的劝告,但"过客"说"我不能"。最后只剩下往前"走"了。

但也还有一个问题:前方是什么?剧中的三个人物有不同的回答。小女孩说前方是个美丽的花园,这可能代表年轻人对未来的一种向往与信念;但"老人"说,前面是坟,既然是坟,就不必往前走了;而"过客"的回答是,明知道前面是坟,但还是要往前走。这说明"过客"的选择,不是出于希望的召唤,因为他早已知道,希望不过是个娼妓。那么,为

七〇

什么他要往前走呢？是什么引导他不断往前走呢？他说——

那前面的声音叫我走。

　　老人也听到过这声音，但他不听它召唤，它就不喊了。但过客却无法拒绝这前面的声音，正像薛毅[1]在他的《无词的言语》里所说，这是鲁迅内在生命的"绝对命令"——往前走。一切都可以怀疑，但有一点不能怀疑，就是往前走。走的结果怎样、怎么走，这些都可以讨论，但有一点不容讨论，就是必须走。这是生命的"底线"，这一点必须守住！这正是鲁迅和其他人的不同之处。有的人之所以走，是因为有个乌托邦的理想世界在等着他，如果他觉

<hr />

薛毅（1965—　　），上海师范大学人文学院教授，从事鲁迅、中国现当代文学研究。

得前途并非这样理想就不走了，或者主动放弃乌托邦理想也就不走了。还有的人对自己所走的路充满信心，对怎么走也有清醒的认识，如胡适就是。鲁迅这样的"过客"不一样，虽然对走的结果存在怀疑，对怎样走也存在怀疑，但有一点是确定的，就是"向前走"——

我不能！我只得走。我还是走好罢。……（即刻昂了头，奋然向西走去。）

（女孩扶老人走进土屋，随即阖了门。过客向野地里踉跄地闯进去，夜色跟在他后面。）

"我只得走"，这成为他生命的底线或绝对命令，这是生命的挣扎，是看透与拒绝一切的彻底的"空"与"无"中的唯一坚守与选择。鲁迅后来把这种"永远向前走"的过客精神概括为"反抗绝望"——

《过客》的意思……即是虽然明知前路是坟而偏要走，就是反抗绝望，因为我以为绝望而反抗者难，比因希望而战斗者更勇猛，更悲壮。[1]

这样就有了他最后写的《野草》的《题辞》。

当我沉默着的时候，我觉得充实；我将开口，同时感到空虚。

鲁迅的"充实"的世界存在于"沉默"，也即"无（言）"之中。

1 引自《鲁迅书信》，鲁迅著，人民文学出版社。

过去的生命已经死亡。我对于这死亡有大欢喜，因为我借此知道它曾经存活。死亡的生命已经朽腐。我对于这朽腐有大欢喜，因为我借此知道它还非空虚。

鲁迅的自我生命的价值是通过死亡得以理解的，由死知生，向死而生，由死亡反过来体会、证实生命的价值。因此，他对生命有"大欢喜"。

我自爱我的野草，但我憎恶这以野草作装饰的地面。

地火在地下运行，奔突；熔岩一旦喷出，将烧尽一切野草，以及乔木，于是并且无可朽腐。

但我坦然，欣然。我将大笑，我将歌唱。

鲁迅"自爱"野草，因为这是他的生命；同时也渴望"地火"的"喷出"将野草"烧尽"，也即用自我生命的毁灭，来证明新的世界的真正到来。他将为此"大笑"与"歌唱"。

去罢，野草，连着我的题辞！

鲁迅显然期待通过《野草》的写作，结束自我生命的一个阶段。这同时也是一个新的生命过程的预示。

到这里，我们就可以做一个简单的小结。从《野草》里可以看到，当鲁迅将自我放逐，或者整个学界、整个社会把他放逐时，他所达到的境界：拒绝并抛弃"已有""将有""天堂""地狱""黄金世界""求乞与布施""希望与绝望""学问，道德，民意，公义"等一切

七五

被垄断的话语、逻辑和经验……也就是说，对现有的语言秩序、思想秩序和社会秩序做绝望的观照，给予一个整体性的怀疑、否定和拒绝。把"有"彻底掏空，或者用佛教的说法，就是要对"有所执"进行拒斥。这样，他就达到了彻底的绝望，所拥有的只是"黑暗""空虚""无所为""肉薄"等，并在这样的拥有中实现最大的自我承担与毁灭。

这样说，鲁迅不是太黑暗了吗？但我们一定要注意到他绝望中的反抗，他所进入的"黑暗"世界、"虚空"世界，并非我们想象的那样一无所有，而实际上是非常丰富的，应该是更大的一个"有"。对现有一切的拒绝达到无、空，由无、空达到更大的有和实，这是一个生命的过程。所以，鲁迅最后说的是："但我坦然，欣然。我将大笑，我将歌唱。"

如果你仅仅看见承担黑暗的鲁迅，而看

不到这承担后面的"坦然""欣然""大笑"和"歌唱",你就不能真正理解《野草》。鲁迅对黑暗的承担本身虽然是极为沉重的,但另一方面,使他自身的生命达到更为丰富、博大、自由的境界。我们读鲁迅的《野草》时,一定要把握这两个侧面,否则很可能产生误解。而最后,鲁迅又把他的生命哲学归结为"反抗绝望":不计后果地、不抱希望地、永远不停地"向前走"这一绝对命令。这更使他的生命获得了不断开拓的活力。

但我坦一然，欣然。

我将大笑，我将

歌唱。

题辞

当我沉默着的时候，我觉得充实；我将开口，同时感到空虚。

过去的生命已经死亡。我对于这死亡有大欢喜，因为我借此知道它曾经存活。死亡的生命已经朽腐。我对于这朽腐有大欢喜，因为我借此知道它还非空虚。

生命的泥委弃在地面上，不生乔木，只生野草，这是我的罪过。

野草，根本不深，花叶不美，然而吸取露，

吸取水，吸取陈死人[1]的血和肉，各各夺取它的生存。当生存时，还是将遭践踏，将遭删刈，直至于死亡而朽腐。

但我坦然，欣然。我将大笑，我将歌唱。

我自爱我的野草，但我憎恶这以野草作装饰的地面。

地火在地下运行，奔突；熔岩一旦喷出，将烧尽一切野草，以及乔木，于是并且无可朽腐。

但我坦然，欣然。我将大笑，我将歌唱。

天地有如此静穆，我不能大笑而且歌唱。天地即不如此静穆，我或者也将不能。我以这一丛野草，在明与暗，生与死，过去与未来之

1　指死去很久的人，最早见《古诗十九首驱车上东门》。民国时期这一用法多与中国历史或旧时代相联系，如李大钊："中以前之历史，白首之历史，陈死人之历史也。中以后之历史，青春之历史，活青年之历史也。"（《青春》，1916年4、5月）

际，献于友与仇，人与兽，爱者与不爱者之前作证。

为我自己，为友与仇，人与兽，爱者与不爱者，我希望这野草的死亡与朽腐，火速到来。要不然，我先就未曾生存，这实在比死亡与朽腐更其不幸。

去罢，野草，连着我的题辞！

一九二七年四月二十六日，

鲁迅记于广州之白云楼[1]上。

1　白云楼为一栋鹅黄色西式建筑，位于广州白云路。该路建于1912年，在建国之前乃广州最宽的马路，1968年曾改名红云路。

秋
夜

在我的后园，可以看见墙外有两株树，一株是枣树，还有一株也是枣树。

这上面的夜的天空，奇怪而高，我生平没有见过这样的奇怪而高的天空。他仿佛要离开人间而去，使人们仰面不再看见。然而现在却非常之蓝，闪闪地睐着几十个星星的眼，冷眼。他的口角上现出微笑，似乎自以为大有深意，而将繁霜洒在我的园里的野花草上。

我不知道那些花草真叫什么名字，人们叫

六

他们什么名字。我记得有一种开过极细小的粉红花，现在还开着，但是更极细小了，她在冷的夜气中，瑟缩地做梦，梦见春的到来，梦见秋的到来，梦见瘦的诗人将眼泪擦在她最末的花瓣上，告诉她秋虽然来，冬虽然来，而此后接着还是春，胡蝶乱飞，蜜蜂都唱起春词来了。她于是一笑，虽然颜色冻得红惨惨地，仍然瑟缩着。

枣树，他们简直落尽了叶子。先前，还有一两个孩子来打他们别人打剩的枣子，现在是一个也不剩了，连叶子也落尽了。他知道小粉红花的梦，秋后要有春；他也知道落叶的梦，春后还是秋。他简直落尽叶子，单剩干子，然而脱了当初满树是果实和叶子时候的弧形，欠伸得很舒服。但是，有几枝还低亚着，护定他从打枣的竿梢所得的皮伤，而最直最长的几枝，却已默默地铁似的直刺着奇怪而高的天空，使天空闪闪地鬼眨眼；直刺着天空中圆满的月亮，使月亮窘得发白。

鬼眨眼的天空越加非常之蓝，不安了，仿佛想离去人间，避开枣树，只将月亮剩下。然而月亮也暗暗地躲到东边去了。而一无所有的干子，却仍然默默地铁似的直刺着奇怪而高的天空，一意要制他的死命，不管他各式各样地眨着许多蛊惑的眼睛。

哇的一声，夜游的恶鸟飞过了。

我忽而听到夜半的笑声，吃吃地，似乎不愿意惊动睡着的人，然而四围的空气都应和着笑。夜半，没有别的人，我即刻听出这声音就在我嘴里，我也即刻被这笑声所驱逐，回进自己的房。灯火的带子也即刻被我旋高了[1]。

后窗的玻璃上丁丁地响，还有许多小飞虫

1　旧时煤油灯使用棉绳做灯芯带，用棘轮或旋柄控制棉绳的升降，以调节亮度。以白纸做灯罩，可利用其反射，起到聚光之效。

乱撞。不多久，几个进来了，许是从窗纸的破孔进来的。他们一进来，又在玻璃的灯罩上撞得丁丁地响。一个从上面撞进去了，他于是遇到火，而且我以为这火是真的。两三个却休息在灯的纸罩上喘气。那罩是昨晚新换的罩，雪白的纸，折出波浪纹的迭痕，一角还画出一枝猩红色的栀子。

猩红的栀子开花时，枣树又要做小粉红花的梦，青葱地弯成弧形了。……我又听到夜半的笑声，我赶紧砍断我的心绪，看那老在白纸罩上的小青虫，头大尾小，向日葵子似的，只有半粒小麦那么大，遍身的颜色苍翠得可爱，可怜。

我打一个呵欠，点起一支纸烟，喷出烟来，对着灯默默地敬奠这些苍翠精致的英雄们。

一九二四年九月十五日。

我愿意只是虚空，决不占你的心地。

影的告别

人睡到不知道时候的时候，就会有影来告别，说出那些话——

有我所不乐意的在天堂里，我不愿去；有我所不乐意的在地狱里，我不愿去；有我所不乐意的在你们将来的黄金世界里，我不愿去。

然而你就是我所不乐意的。

朋友，我不想跟随你了，我不愿住。

我不愿意！

一三

呜乎呜乎，我不愿意，我不如彷徨于无地。

我不过一个影，要别你而沉没在黑暗里了。然而黑暗又会吞并我，然而光明又会使我消失。

然而我不愿彷徨于明暗之间，我不如在黑暗里沉没。

然而我终于彷徨于明暗之间，我不知道是黄昏还是黎明。我姑且举灰黑的手装作喝干一杯酒，我将在不知道时候的时候独自远行。

呜乎呜乎，倘若黄昏，黑夜自然会来沉没我，否则我要被白天消失，如果现是黎明。

朋友，时候近了。

我将向黑暗里彷徨于无地。

一四

你还想我的赠品。我能献你甚么呢？无已，则仍是黑暗和虚空而已。但是，我愿意只是黑暗，或者会消失于你的白天；我愿意只是虚空，决不占你的心地。

我愿意这样，朋友——

我独自远行，不但没有你，并且再没有别的影在黑暗里。只有我被黑暗沉没，那世界全属于我自己。

一九二四年九月二十四日。

一五

求乞者

我顺着剥落的高墙走路，踏着松的灰土。另外有几个人，各自走路。微风起来，露在墙头的高树的枝条带着还未干枯的叶子在我头上摇动。

　　微风起来，四面都是灰土。

　　一个孩子向我求乞，也穿着夹衣，也不见得悲戚，而拦着磕头，追着哀呼。

　　我厌恶他的声调，态度。我憎恶他并不悲哀，近于儿戏；我烦厌他这追着哀呼。

我走路。另外有几个人各自走路。微风起来。四面都是灰土。

一个孩子向我求乞，也穿着夹衣，也不见得悲戚，但是哑的，摊开手，装着手势。

我就憎恶他这手势。而且，他或者并不哑，这不过是一种求乞的法子。

我不布施，我无布施心，我但居布施者之上，给与烦腻，疑心，憎恶。

我顺着倒败的泥墙走路，断砖叠在墙缺口，墙里面没有什么。微风起来，送秋寒穿透我的夹衣，四面都是灰土。

我想着我将用什么方法求乞：发声，用怎样声调？装哑，用怎样手势？……

另外有几个人各自走路。

我将得不到布施，得不到布施心；我将得到自居于布施之上者的烦腻，疑心，憎恶。

我将用无所为和沉默求乞……

一八

我至少将得到虚无。

微风起来，四面都是灰土。另外有几个人各自走路。

灰土，灰土，……

……

灰土……

一九二四年九月二十四日。

一九

我的失恋

——拟古[1]的新打油诗

我的所爱在山腰；

想去寻她山太高，

低头无法泪沾袍。

爱人赠我百蝶巾；

回她什么：猫头鹰。

从此翻脸不理我，

不知何故兮使我心惊。

二一

我的所爱在闹市；

想去寻她人拥挤，

仰头无法泪沾耳。

爱人赠我双燕图；

回她什么：冰糖壶卢。

从此翻脸不理我，

不知何故兮使我胡涂。

我的所爱在河滨；

想去寻她河水深，

歪头无法泪沾襟。

爱人赠我金表索，

回她什么：发汗药。

从此翻脸不理我，

不知何故兮使我神经衰弱。

二二

我的所爱在豪家；

想去寻她兮没有汽车，

摇头无法泪如麻。

爱人赠我玫瑰花；

回她什么：赤练蛇。[1]

从此翻脸不理我，

不知何故兮——由她去罢。

一九二四年十月三日。

1　四项回赠之物中，猫头鹰为鲁迅的绰号和精神象征，冰糖葫芦是他喜欢吃甜食的反映，发汗药是他常服用以治疗发热症的，蛇是他的生肖和自画像。

复仇

人的皮肤之厚，大概不到半分[1]，鲜红的热血，就循着那后面，在比密密层层地爬在墙壁上的槐蚕[2]更其密的血管里奔流，散出温热。于是各以这温热互相蛊惑，煽动，牵引，拼命地希求偎倚，接吻，拥抱，以得生命的沉酣的大欢喜。

---

[1] 此处的"分"指公分，即厘米。作为人体最大的器官，皮肤的厚度一般在 0.5 毫米（如眼睑）与 4 毫米（如脚掌）之间。

[2] 即槐尺蠖，常吐丝悬垂自身，又俗称"吊死鬼"。

但倘若用一柄尖锐的利刃，只一击，穿透这桃红色的，菲薄的皮肤，将见那鲜红的热血激箭似的以所有温热直接灌溉杀戮者；其次，则给以冰冷的呼吸，示以淡白的嘴唇，使之人性茫然，得到生命的飞扬的极致的大欢喜；而其自身，则永远沉浸于生命的飞扬的极致的大欢喜中。

这样，所以，有他们俩裸着全身，捏着利刃，对立于广漠的旷野之上。

他们俩将要拥抱，将要杀戮……

路人们从四面奔来，密密层层地，如槐蚕爬上墙壁，如马蚁要扛鲞头[1]。衣服都漂亮，手倒空的。然而从四面奔来，而且拚命地伸长颈子，要赏鉴这拥抱或杀戮。他们已经豫觉着事后的自己的舌上的汗或血的鲜味。

1　"鲞"与"想"同音。鲞头即咸鱼头，绍兴人喜欢将其搁在菜上，讨个口彩。"蚂蚁扛鲞头"为俗语。

然而他们俩对立着，在广漠的旷野之上，裸着全身，捏着利刃，然而也不拥抱，也不杀戮，而且也不见有拥抱或杀戮之意。

　　他们俩这样地至于永久，圆活的身体，已将干枯，然而毫不见有拥抱或杀戮之意。

　　路人们于是乎无聊；觉得有无聊钻进他们的毛孔，觉得有无聊从他们自己的心中由毛孔钻出，爬满旷野，又钻进别人的毛孔中。他们于是觉得喉舌干燥，脖子也乏了；终至于面面相觑，慢慢走散；甚而至于居然觉得干枯到失了生趣。

　　于是只剩下广漠的旷野，而他们俩在其间裸着全身，捏着利刃，干枯地立着；以死人似的眼光，赏鉴这路人们的干枯，无血的大戮，而永远沉浸于生命的飞扬的极致的大欢喜中。

一九二四年十二月二十日。

复仇

（其二）

因为他自以为神之子，以色列的王，所以去钉十字架。

兵丁们给他穿上紫袍，戴上荆冠，庆贺他；又拿一根苇子打他的头，吐他，屈膝拜他；戏弄完了，就给他脱了紫袍，仍穿他自己的衣服。

看哪，他们打他的头，吐他，拜他……

他不肯喝那用没药调和的酒，要分明地玩味以色列人怎样对付他们的神之子，而且较永

二九

久地悲悯他们的前途，然而仇恨他们的现在。

四面都是敌意，可悲悯的，可咒诅的。

丁丁地响，钉尖从掌心穿透，他们要钉杀他们的神之子了，可悯的人们呵，使他痛得柔和。丁丁地响，钉尖从脚背穿透，钉碎了一块骨，痛楚也透到心髓中，然而他们自己钉杀着他们的神之子了，可咒诅的人们呵，这使他痛得舒服。

十字架竖起来了；他悬在虚空中。

他没有喝那用没药调和的酒。要分明地玩味以色列人怎样对付他们的神之子，而且较永久地悲悯他们的前途，然而仇恨他们的现在。

路人都辱骂他，祭司长和文士也戏弄他，和他同钉的两个强盗也讥诮他。

看哪，和他同钉的……

四面都是敌意，可悲悯的，可咒诅的。

他在手足的痛楚中，玩味着可悯的人们的

钉杀神之子的悲哀和可咒诅的人们要钉杀神之子，而神之子就要被钉杀了的欢喜。突然间，碎骨的大痛楚透到心髓了，他即沉酣于大欢喜和大悲悯中。

他腹部波动了，悲悯和咒诅的痛楚的波。

遍地都黑暗了。

"以罗伊，以罗伊，拉马撒巴各大尼！？"（翻出来，就是：我的上帝，你为甚么离弃我！？）

上帝离弃了他，他终于还是一个"人之子"；然而以色列人连"人之子"都钉杀了。

钉杀了"人之子"的人们的身上，比钉杀了"神之子"的尤其血污，血腥。

一九二四年十二月二十日。

三一

绝望之为虚妄，正与希望相同！

希望

我的心分外地寂寞。

然而我的心很平安：没有爱憎，没有哀乐，也没有颜色和声音。

我大概老了。我的头发已经苍白，不是很明白的事么？我的手颤抖着，不是很明白的事么？那么，我的魂灵的手一定也颤抖着，头发也一定苍白了。

然而这是许多年前的事了。

这以前，我的心也曾充满过血腥的歌声：

三五

血和铁，火焰和毒，恢复和报仇。而忽而这些都空虚了，但有时故意地填以没奈何的自欺的希望。希望，希望，用这希望的盾，抗拒那空虚中的暗夜的袭来，虽然盾后面也依然是空虚中的暗夜。然而就是如此，陆续地耗尽了我的青春。

我早先岂不知我的青春已经逝去了？但以为身外的青春固在：星，月光，僵坠的胡蝶，暗中的花，猫头鹰的不祥之言，杜鹃的啼血，笑的渺茫，爱的翔舞……。虽然是悲凉漂渺的青春罢，然而究竟是青春。

然而现在何以如此寂寞？难道连身外的青春也都逝去，世上的青年也多衰老了么？

我只得由我来肉薄这空虚中的暗夜了。我放下了希望之盾，我听到 Petöfi Sándor[1]

---

1 即裴多菲，1849 年夏在战场上被沙俄的哥萨克骑兵杀害。

（1823—49）的"希望"之歌：

希望是甚么？是娼妓：

她对谁都蛊惑，将一切都献给；[1]

待你牺牲了极多的宝贝——

你的青春——她就弃掉你。

这伟大的抒情诗人，匈牙利的爱国者，为了祖国而死在可萨克兵的矛尖上，已经七十五年了。悲哉死也，然而更可悲的是他的诗至今没有死。

但是，可惨的人生！桀骜英勇如 Petöfi，也终于对了暗夜止步，回顾着茫茫的东方了。他说：

1　"娼妓"一处翻译有省略，对应的匈牙利文为 förtelmes kéjleány，指凶残而淫荡（这通常是用来形容皇帝的）的妓女。"将一切都献给"为原诗所无，第二行的意思是"她对所有男人都平等地拥抱"。

绝望之为虚妄，正与希望相同。

倘使我还得偷生在不明不暗的这"虚妄"中，我就还要寻求那逝去的悲凉漂渺的青春，但不妨在我的身外。因为身外的青春倘一消灭，我身中的迟暮也即凋零了。

然而现在没有星和月光，没有僵坠的胡蝶以至笑的渺茫，爱的翔舞。然而青年们很平安。

我只得由我来肉薄这空虚中的暗夜了，纵使寻不到身外的青春，也总得自己来一掷我身中的迟暮。但暗夜又在那里呢？现在没有星，没有月光以至笑的渺茫和爱的翔舞；青年们很平安，而我的面前又竟至于并且没有真的暗夜。

绝望之为虚妄，正与希望相同！

一九二五年一月一日。

三八

雪

暖国[1]的雨，向来没有变过冰冷的坚硬的灿烂的雪花。博识的人们觉得他单调，他自己也以为不幸否耶？江南的雪，可是滋润美艳之至了；那是还在隐约着的青春的消息，是极壮健的处子的皮肤。雪野中有血红的宝珠山茶，白中隐青的单瓣梅花，深黄的磬口的蜡梅

四〇

花[1]，雪下面还有冷绿的杂草。胡蝶确乎没有；蜜蜂是否来采山茶花和梅花的蜜，我可记不真切了。但我的眼前仿佛看见冬花开在雪野中，有许多蜜蜂们忙碌地飞着，也听得他们嗡嗡地闹着。

孩子们呵着冻得通红，像紫芽姜一般的小手，七八个一齐来塑雪罗汉。因为不成功，谁的父亲也来帮忙了。罗汉就塑得比孩子们高得多，虽然不过是上小下大的一堆，终于分不清是壶卢还是罗汉，然而很洁白，很明艳，以自身的滋润相粘结，整个地闪闪地生光。孩子们用龙眼核给他做眼珠，又从谁的母亲的脂粉奁中偷得胭脂来涂在嘴唇上。这回确是一个大阿

1　山茶花以花簇如珠最胜，称"宝珠"。蜡梅开而半含，似僧磐之口，名磬口梅。二者常常并举，如冯梦龙《醒世恒言·灌园叟晚逢仙女》："山茶花宝珠称贵，蜡梅花磬口方香。"

罗汉了。他也就目光灼灼地嘴唇通红地坐在雪地里。

第二天还有几个孩子来访问他；对了他拍手，点头，嬉笑。但他终于独自坐着了。晴天又来消释他的皮肤，寒夜又使他结一层冰，化作不透明的水晶模样，连续的晴天又使他成为不知道算什么，而嘴上的胭脂也褪尽了。

但是，朔方的雪花在纷飞之后，却永远如粉，如沙，他们决不粘连，撒在屋上，地上，枯草上，就是这样。屋上的雪是早已就有消化了的，因为屋里居人的火的温热。别的，在晴天之下，旋风忽来，便蓬勃地奋飞，在日光中灿灿地生光，如包藏火焰的大雾，旋转而且升腾，弥漫太空，使太空旋转而且升腾地闪烁。

在无边的旷野上，在凛冽的天宇下，闪闪地旋转升腾着的是雨的精魂……

是的，那是孤独的雪，是死掉的雨，是雨的精魂。

一九二五年一月十八日。

四
三

风筝

北京的冬季，地上还有积雪，灰黑色的秃树枝丫叉于晴朗的天空中，而远处有一二风筝浮动，在我是一种惊异和悲哀。

故乡的风筝时节，是春二月，倘听到沙沙的风轮声，仰头便能看见一个淡墨色的蟹风筝或嫩蓝色的蜈蚣风筝。还有寂寞的瓦片风筝，没有风轮，又放得很低，伶仃地显出憔悴可怜模样。但此时地上的杨柳已经发芽，早的山桃也多吐蕾，和孩子们的天上的点缀相照应，打成一片春日的温和。我现在在那里呢？四面都还是严冬的肃杀，而久经诀别的故乡的久经逝去的春天，却就在这天空中荡漾了。

但我是向来不爱放风筝的，不但不爱，并且嫌恶他，因为我以为这是没出息孩子所做的玩艺。和我相反的是我的小兄弟，他那时大概十岁内外罢，多病，瘦得不堪，然而最喜欢风筝，自己买不起，我又不许放，他只得张着小嘴，呆看着空中出神，有时至于小半日，远处的蟹风筝突然落下来了，他惊呼；两个瓦片风筝的缠绕解开了，他高兴得跳跃，他的这些，在我看来都是笑柄，可鄙的。

有一天，我忽然想起，似乎多日不很看见他了，但记得曾见他在后园拾枯竹。我恍然大悟似的，便跑向少有人去的一间堆积杂物的小屋去，推开门，果然就在尘封的什物堆中发现了他。他向着大方凳，坐在小凳上；便很惊惶地站了起来，失了色瑟缩着，大方凳旁靠着一个胡蝶风筝的竹骨，还没有糊上纸，凳上是一对做眼睛用的小风轮，正用红纸条装饰着，将要完工了。我在破获秘密的满足中，又很愤怒他的瞒了我的眼睛，这样苦心孤诣地来偷做没出息孩子的玩艺。我即刻伸手折断了胡蝶的一支翅骨，又将风轮掷在地下，踏扁了。论长幼，论力气，他是都敌不过我的，我当然得到完全的胜利，于是傲然走出，留他绝望地站在小屋里。后来他怎样，我不知道，也没有留心。

然而我的惩罚终于轮到了，在我们离别得很久之后，我已经是中年。我不幸偶而看了一本外国的讲论儿童的书，才知道游戏是儿童最正当的行为，玩具是儿童的天使，于是二十年来毫不忆及的幼小时候对于精神的虐杀的这一幕，忽地在眼前展开，而我的心也仿佛同时变了铅块，很重很重的堕下去了。

但心又不竟堕下去而至于断绝，他只是很重很重地堕着，堕着。

我也知道补过的方法的：送他风筝，赞成他放，劝他放，我和他一同放。我们嚷着，跑着，笑着。——然而他其时已经和我一样，早已有了胡子了。

我也知道还有一个补过的方法的：去讨他的宽恕，等他说，"我可是毫不怪你呵"。那么，我的心一定就轻松了，这确是一个可行的方法。有一回，我们会面的时候，是脸上都已添刻了许多"生"的辛苦的条纹，而我的心很沉重，我们渐渐谈起儿时的旧事来，我便叙述到这一节，自说少年时代的胡涂。"我可是毫不怪你呵。"我想，他要说了，我即刻便受了宽恕，我的心从此也宽松了罢。

"有过这样的事么？"他惊异地笑着说，就像旁听着别人的故事一样。他什么也不记得了。

全然忘却，毫无怨恨，又有什么宽恕之可言呢？无怨的恕，说谎罢了。

我还能希求什么呢？我的心只得沉重着。

现在，故乡的春天又在这异地的空中了，既给我久经逝去的儿时的回忆，而一并也带着无可把握的悲哀。我倒不如躲到肃杀的严冬中去罢，——但是，四面又明明是严冬，正给我非常的寒威和冷气。

一九二五年一月二十四日。

好的故事

灯火渐渐地缩小了，在预告石油的已经不多；石油又不是老牌[1]，早熏得灯罩很昏暗。鞭爆的繁响在四近，烟草的烟雾在身边：是昏沉的夜。

我闭了眼睛，向后一仰，靠在椅背上；捏

五一

1 民国时期石油的经营品种主要是煤油，多供照明之用。中国的石油市场由美国的美孚、英荷合资的亚细亚、美国的德士古垄断。老牌与鹰牌、虎牌，为美孚三大品牌。

着《初学记》[1]的手搁在膝髁上。

我在蒙胧中，看见一个好的故事。

这故事很美丽，幽雅，有趣。许多美的人和美的事，错综起来像一天云锦，而且万颗奔星似的飞动着，同时又展开去，以至于无穷。

我仿佛记得曾坐小船经过山阴道[2]，两岸边的乌桕、新禾、野花、鸡、狗，丛树和枯树，茅屋、塔、伽蓝，农夫和村妇、村女，晒着的衣裳，和尚、蓑笠、天、云、竹……都倒影在澄碧的小河中，随着每一打桨，各各夹带了闪烁的日光，并水里的萍藻游鱼，一同荡漾。诸影诸物，无不解散，而且摇动，扩大，互相

1　由唐代徐坚等编辑而成的类书，取材于群经诸子、历代诗赋及唐初诸家作品，初衷是为了方便唐玄宗的儿子们写作文。

2　山阴为绍兴古地名，山阴道为绍兴西南通往诸暨的石板驿道，与鉴湖支流娄宫江相邻，途经兰亭，乃一条著名的文学之路。《世说新语》记王子敬云："从山阴道上行，山川自相映发，使人应接不暇。"

融和；刚一融和，却又退缩，复近于原形。边缘都参差如夏云头，镶着日光，发出水银色焰。凡是我所经过的河，都是如此。

现在我所见的故事也如此。水中的青天的底子，一切事物统在上面交错，织成一篇，永是生动，永是展开，我看不见这一篇的结束。

河边枯柳树下的几株瘦削的一丈红，该是村女种的罢。大红花和斑红花，都在水里面浮动，忽而碎散，拉长了，缕缕的胭脂水，然而没有晕。茅屋、狗、塔、村女、云……也都浮动着。大红花一朵朵全被拉长了，这时是泼剌奔进的红锦带。带织入狗中，狗织入白云中，白云织入村女中。……在一瞬间，他们又将退缩了。但斑红花影也已碎散，伸长，就要织进塔、村女、狗、茅屋、云里去。

现在我所见的故事清楚起来了，美丽、幽雅、有趣，而且光明。青天上面，有无数美的人和美的事，我一一看见，一一知道。

我就要凝视他们……。

我正要凝视他们时，骤然一惊，睁开眼，云锦也已皱蹙，凌乱，仿佛有谁掷一块大石下河水中，水波陡然起立，将整篇的影子撕成片片了。我无意识地赶忙捏住几乎坠地的《初学记》，眼前还剩着几点虹霓色的碎影。

我真爱这一篇好的故事，趁碎影还在，我要追回他，完成他，留下他。我抛了书，欠身伸手去取笔，——何尝有一丝碎影，只见昏暗的灯光，我不在小船里了。

但我总记得见过这一篇好的故事，在昏沉的夜……。

一九二五年二月二十四日¹。

1　本文的发表日期为 1925 年 2 月 9 日。真正的写作日期应为 1 月 28 日，即正月初五，所以能听到"鞭爆的繁响"。

我不愿看见他们心底的眼泪，不要他们为我的悲哀！

过客

时：

　　或一日的黄昏。

地：

　　或一处。

人：

　　老翁——约七十岁，白须发，黑长袍。

　　女孩——约十岁，紫发，乌眼珠，白地黑方格长衫。

　　过客——约三四十岁，状态困顿倔强，眼

光阴沉，黑须，乱发，黑色短衣裤皆破碎，赤足著破鞋，胁下挂一个口袋，支着等身的竹杖。

东，是几株杂树和瓦砾；西，是荒凉破败的丛莽；其间有一条似路非路的痕迹。一间小土屋向这痕迹开着一扇门；门侧有一段枯树根。

（女孩正要将坐在树根上的老翁搀起。）

翁 —— 孩子。喂，孩子！怎么不动了呢？

孩 —— （向东望着，）有谁走来了，看一看罢。

翁 —— 不用看他。扶我进去罢。太阳要下去了。

孩 —— 我，——看一看。

翁 —— 唉，你这孩子！天天看见天，看见土，看见风，还不够好看么？什么也不比这些好看。你偏是要看谁。太阳下去时候出现的东西，不会给你什么好处的。……还是进去罢。

孩 —— 可是，已经近来了。阿阿，是一个乞丐。

翁 —— 乞丐？不见得罢。

（过客从东面的杂树间跄跄踉踉走出，暂时踌躇之后，慢慢地走近老翁去。）

客 —— 老丈，你晚上好？

翁 —— 阿，好！托福。你好？

客 —— 老丈，我实在冒昧，我想在你那里讨一杯水喝。我走得渴极了。这地方又没有一个池塘，一个水洼。

翁 —— 唔，可以可以。你请坐罢。（向女孩）孩子，你拿水来，杯子要洗干净。

（女孩默默地走进土屋去。）

六一

翁 —— 客官，你请坐，你是怎么称呼的。

客——称呼？——我不知道。从我还能记得的
　　时候起，我就只一个人，我不知道我本
　　来叫什么。我一路走，有时人们也随便
　　称呼我，各式各样地，我也记不清楚了，
　　况且相同的称呼也没有听到过第二回。

翁——阿阿。那么，你是从那里来的呢？

客——（略略迟疑，）我不知道。从我还能记
　　得的时候起，我就在这么走。

翁——对了。那么，我可以问你到那里去么？

客——自然可以。——但是，我不知道。从我
　　还能记得的时候起，我就在这么走，要
　　走到一个地方去，这地方就在前面。我
　　单记得走了许多路，现在来到这里了。
　　我接着就要走向那边去，（西指）前面！

　　（女孩小心地捧出一个木杯来，递去。）

客——（接杯，）多谢，姑娘。（将水两口喝尽，
　　还杯，）多谢，姑娘。这真是少有的好

六二

意。我真不知道应该怎样感激！

翁——不要这么感激。这于你是没有好处的。

客——是的，这于我没有好处。可是我现在很
　　恢复了些力气了。我就要前去。老丈，
　　你大约是久住在这里的，你可知道前面
　　是怎么一个所在么？

翁——前面？前面，是坟。

客——（诧异地，）坟？

孩——不，不，不的。那里有许多许多野百合、
　　野蔷薇，我常常去玩，去看他们的。

客——（西顾，仿佛微笑，）不错。那些地方
　　有许多许多野百合、野蔷薇，我也常常
　　去玩过，去看过的。但是，那是坟。（向
　　老翁，）老丈，走完了那坟地之后呢？

翁——走完之后？那我可不知道。我没有
　　走过。

客——不知道？！

孩——我也不知道。

翁——我单知道南边，北边；东边，你的来路。那是我最熟悉的地方，也许倒是于你们最好的地方。你莫怪我多嘴，据我看来，你已经这么劳顿了，还不如回转去，因为你前去也料不定可能走完。

客——料不定可能走完？……（沉思，忽然惊起，）那不行！我只得走。回到那里去，就没一处没有名目，没一处没有地主，没一处没有驱逐和牢笼，没一处没有皮面的笑容，没一处没有眶外的眼泪。我憎恶他们，我不回转去！

翁——那也不然。你也会遇见心底的眼泪，为你的悲哀。

客——不。我不愿看见他们心底的眼泪，不要他们为我的悲哀！

翁——那么，你，（摇头，）你只得走了。

六四

客——是的，我只得走了。况且还有声音常在前面催促我，叫唤我，使我息不下。可恨的是我的脚早经走破了，有许多伤，流了许多血。（举起一足给老人看，）因此，我的血不够了；我要喝些血。但血在那里呢？可是我也不愿意喝无论谁的血。我只得喝些水，来补充我的血。一路上总有水，我倒也并不感到什么不足。只是我的力气太稀薄了，血里面太多了水的缘故罢。今天连一个小水洼也遇不到，也就是少走了路的缘故罢。

翁——那也未必。太阳下去了，我想，还不如休息一会的好罢，像我似的。

客——但是，那前面的声音叫我走。

翁——我知道。

客——你知道，你知道那声音么？

翁——是的。他似乎曾经也叫过我。

客——那也就是现在叫我的声音么？

翁——那我可不知道。他也就是叫过几声，我不理他，他也就不叫了，我也就记不清楚了。

客——唉唉，不理他。……。（沉思，忽然吃惊，倾听着，）不行！我还是走的好。我息不下。可恨我的脚早经走破了。（准备走路。）

孩——给你！（递给一片布，）裹上你的伤去。

客——多谢，（接取，）姑娘。这真是。……。这真是极少有的好意。这能使我可以走更多的路。（就断砖坐下，要将布缠在髁上，）但是，不行！（竭力站起，）姑娘，还了你罢，还是裹不下。况且这太多的好意，我没法感激。

翁——你不要这么感激，这于你没有好处。

客——是的，这于我没有什么好处。但在我，这布施是最上的东西了。你看，我全身上可有这样的。

翁——你不要当真就是。

客——是的。但是我不能。我怕我会这样：倘使我得到了谁的布施，我就要像兀鹰看见死尸一样，在四近徘徊，祝愿她的灭亡，给我亲自看见；或者咒诅她以外的一切全都灭亡，连我自己，因为我就应该得到咒诅。但是我还没有这样的力量；即使有这力量，我也不愿意她有这样的境遇，因为她们大概总不愿意有这样的境遇。我想，这最稳当。（向女孩，）姑娘，你这布片太好，可是太小一点了，还了你罢。

孩——（惊惧，退后，）我不要了！你带走！

客——（似笑，）哦哦，……因为我拿过了？

孩——（点头，指口袋，）你装在那里，去

玩玩。

客 ——（颓唐地退后，）但这背在身上，怎么
　　　走呢？……

翁 ——你息不下，也就背不动。——休息一会，
　　　就没有什么了。

客 ——对咧，休息。……（默想，但忽然惊醒，
　　　倾听。）不，我不能！我还是走好。

翁 ——你总不愿意休息么？

客 ——我愿意休息。

翁 ——那么，你就休息一会罢。

客 ——但是，我不能……。

翁 ——你总还是觉得走好么？

客 ——是的。还是走好。

翁 ——那么，你也还是走好罢。

客 ——（将腰一伸，）好，我告别了。我很感
　　　谢你们。（向着女孩，）姑娘，这还你，
　　　请你收回去。

六八

（女孩惊惧，敛手，要躲进土屋里去。）

翁——你带去罢，要是太重了，可以随时抛在
　　　坟地里面的。

孩——（走向前，）阿阿，那不行！

客——阿阿，那不行的。

翁——那么，你挂在野百合、野蔷薇上就
　　　是了。

孩——（拍手，）哈哈！好！

客——哦哦……。

（极暂时中，沉默。）

翁——那么，再见了。祝你平安。（站起，向
　　　女孩，）孩子，扶我进去罢。你看，太
　　　阳早已下去了。（转身向门。）

客——多谢你们。祝你们平安。（徘徊，沉思，
　　　忽然吃惊，）然而我不能！我只得走。
　　　我还是走好罢……。（即刻昂了头，奋
　　　然向西走去。）

六
九

（女孩扶老人走进土屋，随即阖了门。过客向野地里跄踉地闯进去，夜色跟在他后面。）

一九二五年三月二日。

死

火

我梦见自己在冰山间奔驰。

这是高大的冰山，上接冰天，天上冻云弥漫，片片如鱼鳞模样。山麓有冰树林，枝叶都如松杉。一切冰冷，一切青白。

但我忽然坠在冰谷中。

上下四旁无不冰冷，青白。而一切青白冰上，却有红影无数，纠结如珊瑚网。我俯看脚下，有火焰在。

这是死火。有炎炎的形，但毫不摇动，全

体冰结，像珊瑚枝，尖端还有凝固的黑烟，疑这才从火宅[1]中出，所以枯焦。这样，映在冰的四壁，而且互相反映，化为无量数影，使这冰谷，成红珊瑚色。

哈哈！

当我幼小的时候，本就爱看快舰激起的浪花，洪炉喷出的烈焰。不但爱看，还想看清。可惜他们都息息变幻，永无定形。虽然凝视又凝视，总不留下怎样一定的迹象。

死的火焰，现在先得到了你了！

我拾起死火，正要细看，那冷气已使我的指头焦灼；但是，我还熬着，将他塞入衣袋中间。冰谷四面，登时完全青白。我一面思索着走出冰谷的法子。

1　《法华经》有著名的火宅之喻和四车之喻。所谓火宅，指世界，而珍宝大车是用来诱人逃脱火宅的。本文则用"冰谷"和"大石车"的意象，呈现了相反的图景。

我的身上喷出一缕黑烟，上升如铁线蛇。冰谷四面，又登时满有红焰流动，如大火聚，将我包围。我低头一看，死火已经燃烧，烧穿了我的衣裳，流在冰地上了。

"唉，朋友！你用了你的温热，将我惊醒了。"他说。

我连忙和他招呼，问他名姓。

"我原先被人遗弃在冰谷中，"他答非所问地说，"遗弃我的早已灭亡，消尽了。我也被冰冻冻得要死。倘使你不给我温热，使我重行烧起，我不久就须灭亡。"

"你的醒来，使我欢喜。我正在想着走出冰谷的方法；我愿意携带你去，使你永不冰结，永得燃烧。"

"唉唉！那么，我将烧完！"

"你的烧完，使我惋惜。我便将你留下，仍在这里罢。"

"唉唉！那么，我将冻灭了！"

"那么，怎么办呢？"

"但你自己，又怎么办呢？"他反而问。

"我说过了：我要出这冰谷……。"

"那我就不如烧完！"

他忽而跃起，如红彗星，并我都出冰谷口外。有大石车突然驰来，我终于碾死在车轮底下，但我还来得及看见那车就坠入冰谷中。

"哈哈！你们是再也遇不着死火了！"我得意地笑着说，仿佛就愿意这样似的。

一九二五年四月二十三日。

狗的驳诘

我梦见自己在隘巷中行走，衣履破碎，像乞食者。

一条狗在背后叫起来了。

我傲慢地回顾，叱咤说：

"吒！住口！你这势利的狗！"

"嘻嘻！"他笑了，还接着说，"不敢，愧不如人呢。"

"什么！"我气愤了，觉得这是一个极端的侮辱。

"我惭愧：我终于还不知道分别铜和银；还不知道分别布和绸；还不知道分别官和民；还不知道分别主和奴；还不知道……。"

我逃走了。

"且慢！我们再谈谈……。"他在后面大声挽留。

我一径逃走，尽力地走，直到逃出梦境，躺在自己的床上。

一九二五年四月二十三日。

七八

失掉的好地狱

我梦见自己躺在床上，在荒寒的野外，地狱的旁边。一切鬼魂们的叫唤无不低微，然有秩序，与火焰的怒吼，油的沸腾，钢叉的震颤相和鸣，造成醉心的大乐，布告三界：地下太平。

有一伟大的男子站在我面前，美丽，慈悲，遍身有大光辉，然而我知道他是魔鬼。

"一切都已完结，一切都已完结！可怜的鬼魂们将那好的地狱失掉了！"他悲愤地说，于是坐下，讲给我一个他所知道的故事！

"天地作蜂蜜[1]色的时候，就是魔鬼战胜天神，掌握了主宰一切的大威权的时候。他收得天国，收得人间，也收得地狱。他于是亲临地狱，坐在中央，遍身发大光辉，照见一切鬼众。

"地狱原已废弛得很久了：剑树消却光芒；沸油的边际早不腾涌；大火聚有时不过冒些青烟，远处还萌生曼陀罗花，花极细小，惨白可怜。那是不足为奇的，因为地上曾经大被焚烧，自然失了他的肥沃。

"鬼魂们在冷油温火里醒来，从魔鬼的光辉中看见地狱小花，惨白可怜，被大蛊惑，倏忽间记起人世，默想至不知几多年，遂同时向着人间，发一声反狱的绝叫。

八一

1　蜂蜜在宗教中往往被视为圣物，尤其在基督教中，流着奶与蜜之地乃应许之地。

"人类便应声而起，仗义执言，与魔鬼战斗。战声遍满三界，远过雷霆。终于运大谋略，布大网罗，使魔鬼并且不得不从地狱出走。最后的胜利，是地狱门上也竖了人类的旌旗！

"当鬼魂们一齐欢呼时，人类的整饬地狱使者已临地狱，坐在中央，用了人类的威严，叱咤一切鬼众。

"当鬼魂们又发一声反狱的绝叫时，即已成为人类的叛徒，得到永劫沉沦的罚，迁入剑树林的中央。

"人类于是完全掌握了主宰地狱的大威权，那威棱且在魔鬼以上。人类于是整顿废弛，先给牛首阿旁以最高的俸草；而且，添薪加火，磨砺刀山，使地狱全体改观，一洗先前颓废的气象。

"曼陀罗花立即焦枯了。油一样沸；刀一样铦；火一样热；鬼众一样呻吟，一样宛转，至于都不暇记起失掉的好地狱。

　　"这是人类的成功，是鬼魂的不幸……。

　　"朋友，你在猜疑我了。是的，你是人！
我且去寻野兽和恶鬼……。"

一九二五年六月十六日。

于浩歌狂热之际中寒；于天上看见深渊。于一切眼中看见无所有；于无所希望中得救。

墓碣文

我梦见自己正和墓碣对立，读着上面的刻辞。那墓碣似是沙石所制，剥落很多，又有苔藓丛生，仅存有限的文句——

　　　　……于浩歌狂热之际中寒；于天上看见深渊。于一切眼中看见无所有；于无所希望中得救。……

　　　　……有一游魂，化为长蛇，口有毒牙。

不以啮人，自啮其身，终以殒颠[1]。……

……离开！……

我绕到碣后，才见孤坟，上无草木，且已颓坏。即从大阙口中，窥见死尸，胸腹俱破，中无心肝。而脸上却绝不显哀乐之状，但蒙蒙如烟然。

我在疑惧中不及回身，然而已看见墓碣阴面的残存的文句——

……抉心自食，欲知本味。创痛酷烈，本味何能知？……

……痛定之后，徐徐食之。然其心已陈旧，本味又何由知？……

……答我。否则，离开！……

1　意为人之死亡或国之覆灭。

我就要离开。而死尸已在坟中坐起，口唇不动，然而说——

　　"待我成尘时，你将见我的微笑！"

　　我疾走，不敢反顾，生怕看见他的追随。

一九二五年六月十七日。

颓败线的颤动

我梦见自己在做梦。自身不知所在，眼前却有一间在深夜中紧闭的小屋的内部，但也看见屋上瓦松[1]的茂密的森林。

　　板桌上的灯罩是新拭的，照得屋子里分外明亮。在光明中，在破榻上，在初不相识的披毛的强悍的肉块底下，有瘦弱渺小的身躯，为饥饿、苦痛、惊异、羞辱、欢欣而颤动。弛缓，

九一　[1] 长于瓦片之间，因视觉效果而得松名，属于需要清理之物，故瓦松之繁茂乃破败衰弱之象。

然而尚且丰腴的皮肤光润了；青白的两颊泛出轻红，如铅上涂了胭脂水。

灯火也因惊惧而缩小了，东方已经发白。

然而空中还弥漫地摇动着饥饿、苦痛、惊异、羞辱、欢欣的波涛……。

"妈！"约略两岁的女孩被门的开阖声惊醒，在草席围着的屋角的地上叫起来了。

"还早哩，再睡一会罢！"她惊惶地说。

"妈！我饿，肚子痛。我们今天能有什么吃的？"

"我们今天有吃的了。等一会有卖烧饼的来，妈就买给你。"她欣慰地更加紧捏着掌中的小银片，低微的声音悲凉地发抖，走近屋角去一看她的女儿，移开草席，抱起来放在破榻上。

"还早哩，再睡一会罢。"她说着，同时抬起眼睛，无可告诉地一看破旧的屋顶以上的天空。

空中突然另起了一个很大的波涛，和先前的相撞击，回旋而成旋涡，将一切并我尽行淹没，口鼻都不能呼吸。

我呻吟着醒来，窗外满是如银的月色，离天明还很辽远似的。

我自身不知所在，眼前却有一间在深夜中紧闭的小屋的内部，我自己知道是在续着残梦。可是梦的年代隔了许多年了。屋的内外已经这样整齐；里面是青年的夫妻，一群小孩子，都怨恨鄙夷地对着一个垂老的女人。

"我们没有脸见人，就只因为你，"男人气忿地说。"你还以为养大了她，其实正是害苦了她，倒不如小时候饿死的好！"

"使我委屈一世的就是你！"女的说。

"还要带累了我！"男的说。

"还要带累他们哩！"女的说，指着孩子们。

最小的一个正玩着一片干芦叶，这时便向空中一挥，仿佛一柄钢刀，大声说道：

"杀！"[1]

那垂老的女人口角正在痉挛，登时一怔，接着便都平静，不多时候，她冷静地，骨立的石像似的站起来了。她开开板门，迈步在深夜中走出，遗弃了背后一切的冷骂和毒笑。

她在深夜中尽走，一直走到无边的荒野；四面都是荒野，头上只有高天，并无一个虫鸟飞过。她赤身露体地，石像似的站在荒野的中央，于一刹那间照见过往的一切：饥饿，苦痛，

1　相同的细节出现在短篇小说《孤独者》："我到你这里来时，街上看见一个很小的小孩，拿了一片芦叶指着我道：杀！"芦苇叶边缘为锯齿状，容易伤肤。

惊异，羞辱，欢欣，于是发抖；害苦，委屈，带累，于是痉挛；杀，于是平静。……又于一刹那间将一切并合：眷念与决绝，爱抚与复仇，养育与歼除，祝福与咒诅……。她于是举两手尽量向天，口唇间漏出人与兽的，非人间所有，所以无词的言语。

当她说出无词的言语时，她那伟大如石像，然而已经荒废的，颓败的身躯的全面都颤动了。这颤动点点如鱼鳞，每一鳞都起伏如沸水在烈火上；空中也即刻一同振颤，仿佛暴风雨中的荒海的波涛。

她于是抬起眼睛向着天空，并无词的言语也沉默尽绝，惟有颤动，辐射若太阳光，使空中的波涛立刻回旋，如遭飓风，汹涌奔腾于无边的荒野。

我梦魇了，自己却知道是因为将手搁在胸

脯上了的缘故；我梦中还用尽平生之力，要将这十分沉重的手移开。

一九二五年六月二十九日。

立论

我梦见自己正在小学校的讲堂上预备作文，向老师请教立论的方法。

　　"难！"老师从眼镜圈外斜射出眼光来，看着我，说。"我告诉你一件事——

　　"一家人家生了一个男孩，合家高兴透顶了。满月的时候，抱出来给客人看，——大概自然是想得一点好兆头。

　　"一个说：'这孩子将来要发财的。'他于是得到一番感谢。

九八

"一个说：'这孩子将来要做官的。'他于是收回几句恭维。

　　"一个说：'这孩子将来是要死的。'他于是得到一顿大家合力的痛打。

　　"说要死的必然，说富贵的许谎。但说谎的得好报，说必然的遭打。你……"

　　"我愿意既不谎人，也不遭打。那么，老师，我得怎么说呢？"

　　"那么，你得说：'啊呀！这孩子呵！您瞧！多么……阿唷！哈哈！Hehe！he, hehehehe！'"

一九二五年七月八日。

我觉得在快意中要哭出来。这大概是我死后第一次的哭。

死后

我梦见自己死在道路上。

这是那里，我怎么到这里来，怎么死的，这些事我全不明白。总之，待到我自己知道已经死掉的时候，就已经死在那里了。

听到几声喜鹊叫，接着是一阵乌老鸦。空气很清爽，——虽然也带些土气息，——大约正当黎明时候罢。我想睁开眼睛来，他却丝毫也不动，简直不象是我的眼睛；于是想抬手，也一样。

恐怖的利镞忽然穿透我的心了。在我生存时，曾经玩笑地设想：假使一个人的死亡，只是运动神经的废灭，而知觉还在，那就比全死了更可怕。谁知道我的预想竟的中[1]了，我自己就在证实这预想。

听到脚步声，走路的罢。一辆独轮车从我的头边推过，大约是重载的，轧轧地叫得人心烦，还有些牙齿齼[2]。很觉得满眼绯红，一定是太阳上来了。那么，我的脸是朝东的。但那都没有什么关系。切切嚓嚓的人声，看热闹的。他们踹起黄土来，飞进我的鼻孔，使我想打喷嚏了，但终于没有打，仅有想打的心。

陆陆续续地又是脚步声，都到近旁就停下，还有更多的低语声：看的人多起来了。我忽然很想听听他们的议论。但同时想，我生存时说

---

1 亦作"中的"，指箭射中靶心。

2 牙齿接触酸味时的感觉。

的什么批评不值一笑的话，大概是违心之论罢：才死，就露了破绽了。然而还是听；然而毕竟得不到结论，归纳起来不过是这样！——

"死了？……"

"嗡。——这……"

"哼！……"

"啧。……唉！……"

我十分高兴，因为始终没有听到一个熟识的声音。否则，或者害得他们伤心；或则要使他们快意，或则要使他们加添些饭后闲谈的材料，多破费宝贵的工夫；这都会使我很抱歉。现在谁也看不见，就是谁也不受影响。好了，总算对得起人了！

但是，大约是一个马蚁，在我的脊梁上爬着，痒痒的。我一点也不能动，已经没有除去他的能力了；倘在平时，只将身子一扭，就能使他退避。而且，大腿上又爬着一个哩！你们是做什么的？虫豸！？

事情可更坏了：嗡的一声，就有一个青蝇停在我的颧骨上，走了几步，又一飞，开口便舐我的鼻尖。我懊恼地想：足下，我不是什么伟人，你无须到我身上来寻做论的材料……。但是不能说出来。他却从鼻尖跑下，又用冷舌头来舐我的嘴唇了，不知道可是表示亲爱。还有几个则聚在眉毛上，跨一步，我的毛根就一摇。实在使我烦厌得不堪，——不堪之至。

忽然，一阵风，一片东西从上面盖下来，他们就一同飞开了，临走时还说——

"惜哉！……"

我愤怒得几乎昏厥过去。

木材摔在地上的钝重的声音同着地面的震动，使我忽然清醒，前额上感着芦席的条纹。但那芦席就被掀去了，又立刻感到了日光的灼热。还听得有人说——

"怎么要死在这里？……"

这声音离我很近，他正弯着腰罢。但人应该死在那里呢？我先前以为人在地上虽没有任意生存的权利，却总有任意死掉的权利的。现在才知道并不然，也很难适合人们的公意。可惜我久没了纸笔；即有也不能写，而且即使写了也没有地方发表了。只好就这样地抛开。

有人来抬我，也不知道是谁。听到刀鞘声，还有巡警在这里罢，在我所不应该"死在这里"的这里。我被翻了几个转身，便觉得向上一举，又往下一沉；又听得盖了盖，钉着钉。但是，奇怪，只钉了两个。难道这里的棺材钉，是只钉两个的么？

我想：这回是六面碰壁，外加钉子。真是完全失败，呜呼哀哉了！……

"气闷！……"我又想。

然而我其实却比先前已经宁静得多，虽然知不清埋了没有。在手背上触到草席的条纹，觉得这尸衾倒也不恶。只不知道是谁给我化钱的，可惜！但是，可恶，收敛的小子们！我背后的小衫的一角皱起来了，他们并不给我拉平，现在抵得我很难受。你们以为死人无知，做事就这样地草率么？哈哈！

我的身体似乎比活的时候要重得多，所以压着衣皱便格外的不舒服。但我想，不久就可以习惯的；或者就要腐烂，不至于再有什么大麻烦。此刻还不如静静地静着想。

"您好？您死了么？"

是一个颇为耳熟的声音。睁眼看时，却是勃古斋旧书铺的跑外的小伙计。不见约有二十多年了，倒还是那一副老样子。我又看看六面的壁，委实太毛糙，简直毫没有加过一点修刮，锯绒还是毛毿毿的。

"那不碍事，那不要紧。"他说，一面打开暗蓝色布的包裹来。"这是明板《公羊传》，嘉靖黑口本 [1]，给您送来了。您留下他罢。这是……。"

"你！"我诧异地看定他的眼睛，说，"你莫非真正胡涂了？你看我这模样，还要看什么明板？……"

"那可以看，那不碍事。"

我即刻闭上眼睛，因为对他很烦厌。停了一会，没有声息，他大约走了。但是似乎一个马蚁又在脖子上爬起来，终于爬到脸上，只绕着眼眶转圈子。

万不料人的思想，是死掉之后也还会变化

---

[1] 古籍版心有所谓鱼尾符号，后为折叠方便，鱼尾至边栏会有一段黑线，即所谓象鼻。有象鼻则为黑口本。无象鼻而有字为花口，余者为白口。黑口本始于南宋，流行于元代，盛于明初，嘉靖后渐渐绝迹。

的。忽而，有一种力将我的心的平安冲破；同时，许多梦也都做在眼前了。几个朋友祝我安乐，几个仇敌祝我灭亡。我却总是既不安乐，也不灭亡地不上不下地生活下来，都不能副任何一面的期望。现在又影一般死掉了，连仇敌也不使知道，不肯赠给他们一点惠而不费的欢欣。……

我觉得在快意中要哭出来。这大概是我死后第一次的哭。

然而终于也没有眼泪流下；只看见眼前仿佛有火花一闪，我于是坐了起来。

一九二五年七月十二日。

二〇

这样的战士

要有这样的一种战士！

已不是蒙昧如非洲土人而背着雪亮的毛瑟枪的；也并不疲惫如中国绿营兵而却佩着盒子炮 [1]。他毫无乞灵于牛皮和废铁的甲胄；他只有自己，但拿着蛮人所用的，脱手一掷的

---

[1] 绿营兵为清朝的常备军事力量，完全由汉人组成，以绿旗为标志，以营为基本建制单位，故此得名。与八旗兵不同，绿营兵只是刀把子，不受信任，装备很差，待遇又低，但任务繁重。盒子炮即毛瑟军用手枪，又称驳壳枪，枪套是一个木盒，故此得名。

投枪。

他走进无物之阵，所遇见的都对他一式点头。他知道这点头就是敌人的武器，是杀人不见血的武器，许多战士都在此灭亡，正如炮弹一般，使猛士无所用其力。

那些头上有各种旗帜，绣出各样好名称：慈善家、学者、文士、长者、青年、雅人、君子……。头下有各样外套，绣出各式好花样：学问、道德、国粹、民意、逻辑、公义、东方文明……。

但他举起了投枪。

他们都同声立了誓来讲说，他们的心都在胸膛的中央，和别的偏心的人类两样。他们都在胸前放着护心镜，就为自己也深信心在胸膛中央的事作证。

但他举起了投枪。

他微笑，偏侧一掷，却正中了他们的

心窝。

一切都颓然倒地；——然而只有一件外套，其中无物。无物之物已经脱走，得了胜利，因为他这时成了戕害慈善家等类的罪人。

但他举起了投枪。

他在无物之阵中大踏步走，再见一式的点头，各种的旗帜，各样的外套……。

但他举起了投枪。

他终于在无物之阵中老衰，寿终。他终于不是战士，但无物之物则是胜者。

在这样的境地里，谁也不闻战叫：太平。

太平……。

但他举起了投枪！

一九二五年十二月十四日。

聪明人和傻子和奴才

奴才总不过是寻人诉苦。只要这样，也只能这样。有一日，他遇到一个聪明人。

"先生！"他悲哀地说，眼泪联成一线，就从眼角上直流下来。"你知道的。我所过的简直不是人的生活。吃的是一天未必有一餐，这一餐又不过是高粱皮，连猪狗都不要吃的，尚且只有一小碗……。"

"这实在令人同情。"聪明人也惨然说。

"可不是么！"他高兴了。"可是做工是昼

夜无休息的：清早担水晚烧饭，上午跑街夜磨面，晴洗衣裳雨张伞，冬烧汽炉夏打扇。半夜要煨银耳，侍候主人要钱；头钱[1]从来没分，有时还挨皮鞭……。"

"唉唉……。"聪明人叹息着，眼圈有些发红，似乎要下泪。

"先生！我这样是敷衍不下去的。我总得另外想法子。可是什么法子呢？……"

"我想，你总会好起来……。"

"是么？但愿如此，可是我对先生诉了冤苦，又得你的同情和慰安，已经舒坦得不少了。可见天理没有灭绝……。"

但是，不几日，他又不平起来了，仍然寻人去诉苦。

"先生！"他流着眼泪说，"你知道的。我

---

[1] 赌博场所主人或供役使的人从赢者所得的钱中抽取的部分。

住的简直比猪窝还不如。主人并不将我当人；他对他的叭儿狗还要好到几万倍……。"

"混帐！"那人大叫起来，使他吃惊了。那人是一个傻子。

"先生，我住的只是一间破小屋，又湿，又阴，满是臭虫，睡下去就咬得真可以。秽气冲着鼻子，四面又没有一个窗……。"

"你不会要你的主人开一个窗的么？"

"这怎么行？……"

"那么，你带我去看去！"

傻子跟奴才到他屋外，动手就砸那泥墙。

"先生！你干什么？"他大惊地说。

"我给你打开一个窗洞来。"

"这不行！主人要骂的！"

"管他呢！"他仍然砸。

"人来呀！强盗在毁咱们的屋子了！快来呀！迟一点可要打出窟窿来了！……"他哭嚷

一八

着，在地上团团地打滚。

一群奴才都出来了，将傻子赶走。

听到了喊声，慢慢地最后出来的是主人。

"有强盗要来毁咱们的屋子，我首先叫喊起来，大家一同把他赶走了。"他恭敬而得胜地说。

"你不错。"主人这样夸奖他。

这一天就来了许多慰问的人，聪明人也在内。

"先生。这回因为我有功，主人夸奖了我了。你先前说我总会好起来，实在是有先见之明……。"他大有希望似的高兴地说。

"可不是么……。"聪明人也代为高兴似的回答他。

一九二五年十二月二十六日。

二九

腊叶

灯下看《雁门集》[1]，忽然翻出一片压干的枫叶来。

这使我记起去年的深秋。繁霜夜降，木叶多半凋零，庭前的一株小小的枫树也变成红色了。我曾绕树徘徊，细看叶片的颜色，当他青葱的时候是从没有这么注意的。他也并非全树通红，最多的是浅绛，有几片则在绯红地上，

1　元代诗人萨都刺的诗词合集。雁门是其出生之地，位于今山西代县西北。鲁迅的书账中，并未有购买该书的记录。

还带着几团浓绿。一片独有一点蛀孔，镶着乌黑的花边，在红、黄和绿的斑驳中，明眸似的向人凝视。我自念：这是病叶呵！便将他摘了下来，夹在刚才买到的《雁门集》里。大概是愿使这将坠的被蚀而斑斓的颜色，暂得保存，不即与群叶一同飘散罢。

　　但今夜他却黄蜡似的躺在我的眼前，那眸子也不复似去年一般灼灼。假使再过几年，旧时的颜色在我记忆中消去，怕连我也不知道他何以夹在书里面的原因了，将坠的病叶的斑斓，似乎也只能在极短时中相对，更何况是葱郁的呢。看看窗外，很能耐寒的树木也早经秃尽了；枫树更何消说得。当深秋时，想来也许有和这去年的模样相似的病叶的罢，但可惜我今年竟没有赏玩秋树的余闲。

一九二五年十二月二十六日。

一一二

淡淡的血痕中

——记念几个死者和生者和未生者

目前的造物主，还是一个怯弱者。

他暗暗地使天变地异，却不敢毁灭一个这地球；暗暗地使生物衰亡，却不敢长存一切尸体；暗暗地使人类流血，却不敢使血色永远鲜秾；暗暗地使人类受苦，却不敢使人类永远记得。

他专为他的同类——人类中的怯弱者——设想，用废墟荒坟来衬托华屋，用时光来冲淡苦痛和血痕；日日斟出一杯微甘的苦酒，不太少，不太多，以能微醉为度，递给人间，使饮者可以哭，可以歌，也如醒，也如醉，若有知，若无知，也欲死，也欲生。他必须使一切也欲生；他还没有灭尽人类的勇气。

几片废墟和几个荒坟散在地上，映以淡淡的血痕，人们都在其间咀嚼着人我的渺茫的悲苦。但是不肯吐弃，以为究竟胜于空虚，各各自称为"天之僇民"[1]，以作咀嚼着人我的渺茫的悲苦的辩解，而且悚息着静待新的悲苦的到来。新的，这就使他们恐惧，而又渴欲相遇。

这都是造物主的良民。他就需要这样。

叛逆的猛士出于人间；他屹立着，洞见一切已改和现有的废墟和荒坟，记得一切深广和久远的苦痛，正视一切重迭淤积的凝血，深知

亦作"天之戮民"，指受天惩罚的人。见《庄子·大宗师》，乃孔子的自嘲，也是某种变相地抬升自己。

一切已死，方生，将生和未生。他看透了造化的把戏；他将要起来使人类苏生，或者使人类灭尽，这些造物主的良民们。

造物主，怯弱者，羞惭了，于是伏藏。天地在猛士的眼中于是变色。

一九二六年四月八日。

一
二
六

我爱这些流血和隐痛的魂灵，因为他使我觉得是在人间，是在人间活着。

一

觉

飞机负了掷下炸弹的使命，像学校的上课似的，每日上午在北京城上飞行。每听得机件搏击空气的声音，我常觉到一种轻微的紧张，宛然目睹了"死"的袭来，但同时也深切地感着"生"的存在。

隐约听到一二爆发声以后，飞机嗡嗡地叫着，冉冉地飞去了。也许有人死伤了罢，然而天下却似乎更显得太平。窗外的白杨的嫩叶，在日光下发乌金光，榆叶梅也比昨日开得更烂漫。收拾了散乱满床的日报，拂去昨夜聚在书桌上的苍白的微尘，我的四方的小书斋，今日也依然是所谓"窗明几净"。

因为或一种原因，我开手编校那历来积压在我这里的青年作者的文稿了；我要全都给一个清理。我照作品的年月看下去，这些不肯涂脂抹粉的青年们的魂灵便依次屹立在我眼前。他们是绰约的，是纯真的，——阿，然而他们苦恼了，呻吟了，愤怒，而且终于粗暴了，你的可爱的青年们。

魂灵被风沙打击得粗暴，因为这是人的魂灵，我爱这样的魂灵；我愿意在无形无色的鲜血淋漓的粗暴上接吻。漂渺的名园中，奇花盛开着，红颜的静女正在超然无事地逍遥，鹤唳一声，白云郁然而起……。这自然使人神往的罢，然而我总记得我活在人间。

我忽然记起一件事：两三年前，我在北

一二二

京大学的教员预备室里，看见进来了一个并不熟识的青年[1]，默默地给我一包书，便出去了，打开看时，是一本《浅草》。就在这默默中，使我懂得了许多话，阿，这赠品是多么丰饶呵！可惜那《浅草》不再出版了，似乎只成了《沉钟》的前身。那《沉钟》就在这风沙澒洞中，深深地在人海的底里寂寞地鸣动。

野蓟经了几乎致命的摧折，还要开一朵小花，我记得托尔斯泰曾受了很大的感动，因此写出一篇小说[2]来。但是，草木在旱干的沙漠中间，拚命伸长他的根，吸取深地中的水泉，来造成碧绿的林莽，自然是为了自己的"生"的，然而使疲劳枯渴的旅人，一见就怡然觉得遇到了暂时息肩之所，这是如何的可以感激，

1　即冯至（1905—1993），现代著名诗人、翻译家，浅草社和沉钟社成员，1923 年入读北京大学德文系。

2　指《哈吉穆拉特》，完成于 1896 至 1904 年间。野蓟即牛蒡花，亦称鞑靼花，托尔斯泰以此象征小说主人公。

而且可以悲哀的事！？

《沉钟》的《无题》——代启事——说："有人说：我们的社会是一片沙漠。——如果当真是一片沙漠，这虽然荒漠一点也还静肃，虽然寂寞一点也还会使你感觉苍茫。何至于像这样的混沌，这样的阴沉，而且这样的离奇变幻！"

是的，青年的魂灵屹立在我眼前，他们已经粗暴了，或者将要粗暴了，然而我爱这些流血和隐痛的魂灵，因为他使我觉得是在人间，是在人间活着。

在编校中夕阳居然西下，灯火给我接续的光。各样的青春在眼前一一驰去了，身外但有昏黄环绕。我疲劳着，捏着纸烟，在无名的思想中静静地合了眼睛，看见很长的梦。忽而惊觉，身外也还是环绕着昏黄；烟篆[1]在不动的

1　指香或者烟草的烟缕，因形似圆曲的篆字，故得此名。

空气中上升，如几片小小夏云，徐徐幻出难以指名的形象。

一九二六年四月十日。

主　　编｜徐　露

特约编辑｜徐子淇　赵雪雨

营销总监｜张　延

营销编辑｜狄洋意　许芸茹

版权联络｜rights@chihpub.com.cn

品牌合作｜zy@chihpub.com.cn

出品方　春山望野（北京）
文化传媒有限公司

Room 216, 2nd Floor, Building 1, Yard 31,
Guangqu Road, Chaoyang, Beijing, China